悪役令嬢、ブラコンにジョブチェンジします5

浜　千鳥

22942

角川ビーンズ文庫

第一章　皇子来訪
007
♦
第二章　歓迎の宴
066
♦
第三章　狩猟大会
108
♦
第四章　皇都への帰還
198
♦
庭園の影～アイツがお城に現れた～
255
♦
あとがき
266

contents

characters

エカテリーナ・ユールノヴァ

利奈が転生した乙女ゲームの
悪役令嬢。
「過労死」は敵。

アレクセイ・ユールノヴァ

ユールノヴァ公爵家の若き当主。
エカテリーナの兄。

ミハイル・ユールグラン

乙女ゲームのメイン攻略対象。
皇国の皇位継承者。

フローラ・チェルニー

乙女ゲームのヒロイン。
平民出身の男爵令嬢。

ミナ・フレイ

エカテリーナ付きメイド。

イヴァン・ニール

アレクセイ付き従僕兼護衛。

ウラジーミル・ユールマグナ

ユールマグナ家嫡男。

悪役令嬢、ブラコンにジョブチェンジします

Akuyaku Reijou, Brother Complex ni Job Change Shimasu.

本文イラスト／八美☆わん

第一章　皇子来訪

思い起こせば前世の大学時代、夏休みに友達の実家に遊びに行って、泊《と》めてもらうことはよくあった。

私も実家に帰省している間、テーマパークに遊びに行きたいから泊めて！　ってやってくる友達を泊めて一緒《いっしょ》に遊ぶのは、毎年の恒例《こうれい》行事だったし。

私は前世、東京生まれだったんだけど、中学へ入学する時に父親が大阪に転勤になって、以後ずっと実家は大阪。中学高校は大阪の学校に通って、大学受験で東京の大学に受かって上京、一人暮らしに。それで、夏休みには帰省したり、同じく一人暮らしの友達の実家に遊びに行ったりしていたわけですよ。

なので、実家に泊まりに来る友達と行ったテーマパークはネズミの国ではなく、ハリウッド映画がテーマの方ですね。

ネズミの国には逆に、夏休み以外の連休とかで、高校時代の友達が行きたいって泊まりに来ましたけども。

ちなみに就職も東京の会社に入社したので、その後もずっと一人暮らしでした。ブラック企《き》業《ぎょう》の社畜《しゃちく》になったせいで、友人たちともなかなか会えなかったなあ……。

しかし前世、友達とテーマパークのパレードを見物することは、たびたびあったわけですが。

友達がパレード状態でやって来たことは一度もなかったよ！


ミハイル殿下《でんか》とご友人フローラ様まもなくご到着《とうちゃく》、の報を受けて、エカテリーナは兄アレクセイと共に公爵邸《こうしゃくてい》の正面玄関《げんかん》前で待機しながら、そんなことをつらつら考えている。

皇都で皇室御《ご》一家《いっか》の行幸を待った時を思い出すが、さすがにあの時ほどの規模ではなく、礼装した騎士《きし》たちがずらりと並んでいたりはしない。

とはいえ、緊張《きんちょう》した面持《おも》ちの使用人たちが、ずらりと並んでいたりはする。

公爵邸の外からは、歓声《かんせい》が聞こえてくる。

皇都と違《ちが》って、北都に皇族が来訪するのはごく稀《まれ》なことだ。次期皇帝陛下《こうてい》、しかもイケメンな若き皇子様とくれば、北都の領民たち、特に女性たちが熱狂《ねっきょう》するのは当然かもしれない。

そう思うと、歓声が黄色いというか、きゃーきゃーしているような……。

ミハイルの来訪は、皇帝コンスタンティンが言い出したことだ。エカテリーナが考案したガラスペンを献上《けんじょう》したアレクセイへ、避暑《ひしょ》という名目でミハイルをユールノヴァで過ごさせたいと、皇帝自身が意向を告げた。そこには、皇室からの公爵アレクセイへの信頼《しんらい》を明確に示して、領政の掌握《しょうあく》を後押しする、応援《おうえん》の意味がある。

ゆえにユールノヴァ公爵家としては、皇子の来訪から最大の効果を得るべく歓迎《かんげい》の行事準備にかこつけて、現公爵アレクセイと皇室との関係の良好さ、皇帝陛下からの信頼、次期皇帝ミハイルとの近さを、がっつりと領内に知らしめている。

皇室側には他《ほか》の思惑《おもわく》もあるわけだが、それはそれ、これはこれ。使えるものは使うのである。

そんな裏の思惑があって、

『皇国の皇子様がやって来られるそうだ。公爵様とはご友人同士で、遊びに来るほど仲が良いらしい』

『じゃあ皇子様が皇帝陛下になられたら、公爵様も大臣とかになられるんだろうね。ユールノヴァはますます安泰《あんたい》だね』

『次の皇帝陛下をこの目で見られるなんて、縁起《えんぎ》がいいよ！』

などという会話が北都や街道《かいどう》沿いにあふれ、ミハイルはパレード状態で公爵邸までの道のりを進んできたというわけだ。

生まれながらのロイヤルプリンス、ミハイルは、そのあたりの事情を充分《じゅうぶん》に呑《の》み込んで、笑《え》顔《がお》を振《ふ》りまいてきたに違いない。

領内で不正を働いてきた旧勢力を一掃《いっそう》した若き公爵は、すでに領民たちに高く支持されている。アレクセイを疎《うと》んじる旧来のアレクサンドラ支持者もまだ残っているが、彼らは皇室を賛美する者たちのため、アレクセイに反発することがますます難しくなっただろう。

　そしてついに、ユールノヴァ城の城門を、ミハイルを乗せた馬車がくぐる。

　ユールノヴァ騎士団の奏者が角笛を掲《かか》げ、歓迎の旋律《せんりつ》を吹《ふ》き鳴らした。馬車は皇室のものではなく、公爵家が迎《むか》えに出したものだ。ミハイルはユールノヴァまで、快速船ラピドゥスでセルノー河を遡《さかのぼ》ってきたので、皇室の馬車に乗ってきてはいない。けれど公爵家の紋章《もんしょう》つき馬車を、皇国騎士団が六騎で警護している。皇都にいる時よりも護衛が多いのは、道中の危険対応もありつつ、公爵領での皇室と公爵家の親密度アピールも計算に入れたものであろう。

　そしてさらに、その皇国騎士団の騎士の一人が、皇子の紋章旗を掲げていた。

　皇室では、一人一人がそれぞれの役割に応じた紋章を持っている。皇帝の紋章、皇后の紋章、やがて皇太子となる第一皇子の紋章は決まっていて、第二皇子以降については第一皇子のデザインを微妙《びみょう》に変えたもの、皇女の紋章は皇后の紋章に似たものになるそうだ。

　第一皇子の紋章には、雷神《らいじん》の象徴《しょうちょう》である翼《つばさ》と蛇《へび》、そして青い蝶《ちょう》が描《えが》かれている。

　三大公爵家の紋章に、それぞれ花が描かれていることを思うと、なんらかの意味を感じるところだ。

　なお、皇帝の紋章にも翼と蛇は描かれているが、共にデザインされているのは獅子《しし》である。

　ともあれ、乗っているのが公爵家の馬車であっても、そこにいるのは皇国の第一皇子、やがて皇帝となるべき継承者《けいしょう》であることを、紋章旗は知らしめているのだった。

正面玄関前に、馬車が停《と》まった。

お仕着せを着たミハイルの従僕らしき青年が、さっと馬車の扉《とびら》を開ける。糸のように細い目、俊敏《しゅんびん》そうな細身の青年は、アレクセイにとってのイヴァンのように、護衛を兼《か》ねているのかもしれない。

そして、皇子ミハイルがユールノヴァ城へ降り立った。

（……あれ？）

「やあ、アレクセイ。しばらくだね」

「ユールノヴァ城へようこそ。お元気そうで何よりです」

まずは当主と言葉を交《か》わすのが、当然の作法だ。ミハイルのくだけた態度はいつも通りだが、知らない者にはアレクセイとの親しさを印象付けられるだろう。

ミハイルがエカテリーナの方を向いた。

「エカテリーナも、久しぶり。ますます綺麗《きれい》だね」

おおう、社交辞令がレベルアップしてないか皇子。

……って、いうか。

「お久しゅうございますわ、ミハイル様。……あの、最後にお会いした時より、背が高くなられましたかしら」

なんか……お兄様と並ぶと、頭の位置がちょっと近くなったような。

あと、髪型《かみがた》変えた？　前より髪が長くなって、それを後ろへ撫《な》で付けて、大人っぽい感じになっている気が。

ミハイルは微笑《ほほえ》んだ。

「わかる？　衣装《いしょう》係に嘆《なげ》かれてしまった。予測よりも伸《の》びてしまったから、仕立てた服が使えないかもしれないって」

衣装係……そういう人がいるんだ。さすがロイヤルプリンス。

でも、服については成長期の男子あるあるかな。

なんか身長だけじゃなくて、ちょっと身体《からだ》の線が変わったような。少年ぽさが薄《うす》れて青年のラインになってきたような。

いやあ、男子三日会わざれば刮目《かつもく》して見よ、だっけ？　成長期の男子って、油断ならんなー。でも、夏休み中にイメチェンしようなんて、考えてみたら高校生らしくて可愛《かわい》いよね。お姉さんは君を応援するよ、うん！

当主兄妹《きょうだい》との挨拶《あいさつ》を済ませたミハイルが、馬車の中に手を差し伸べた。

その手に手をあずけて、馬車から降り立った少女。

「エカテリーナ様！」

「フローラ様！」

歓喜の声で呼ばれて、エカテリーナはつい、作法も何も忘れて両手を伸ばしてしまった。

その腕《うで》の中に、桜色の髪の少女が飛び込んでくる。

「お会いしたかったです！　毎日毎日、会いたいって思っていました！」

可愛いっ！　なんて可愛いことを言ってくれるんだこの美少女は！

「わたくしだってお会いするのを楽しみにしていましてよ！」

エカテリーナがぎゅっとハグすると、フローラは目に涙《なみだ》を浮《う》かべながらも大きな笑顔になった。

思わず女の子同士できゃっきゃうふふの再会を楽しんだエカテリーナだが、はたと周囲の視線に気付く。

ああっ、作法が！

そして女主人の威厳《いげん》がー！　使用人たちの優《やさ》しい笑顔が痛い！

「すみません、私ったら……」

フローラが真っ赤になる。

くうっ、可愛い！　相変わらず美少女だよ、美少女無罪！

「わたくしこそ、つい嬉《うれ》しさで我《われ》を忘れてしまいましたわ。どうかお許しになって」

「私、エカテリーナ様にお会いできて、本当に嬉しいです！」

熱心に言うフローラの可愛さに、エカテリーナは思わずのけぞりそうになる。無罪おかわりです美少女すげぇ。

「女の子っていいよね。見ていて心が和《なご》むよ」

ミハイルが笑って言ったので、なんとなくその場は収まった空気になった。

ありがとう皇子。君ってやっぱりいい奴《やつ》だよ。

「失礼いたしましたわ。どうぞお入りくださいまし、長旅お疲《つか》れでございましょう。まずはお茶でも」

女主人の役割を思い出したエカテリーナが言い、一同は邸内《ていない》へ入っていった。

ちょ……ちょっと失敗したけど、級友との再会らしい、いい雰囲気《ふんいき》だったよね。

今までは旧勢力との対決とか山岳神殿《さんがくしんでん》への参拝とかで、夏休みだってことを忘れそうになってたけど。二人へのおもてなしでありつつ、こちらにとっても夏休みの思い出作りができる予定がたくさんあるし、楽しむぞー。

まあ内容が、ロイヤル&ノーブルの夏休みって感じなんだけどね……。

邸内の談話室に移った四人は、まずは近況《きんきょう》報告に花を咲《さ》かせた。

一番ほのぼのしていたのはフローラで、母親亡《な》き後に引き取ってくれた男爵《だんしゃく》夫妻のもとへ帰って、男爵を手伝って庭の手入れをしつつ、料理上手な夫人から料理を教わっていたそうだ。

「お昼に作れそうなものをいろいろ教えていただいたんです。学園へ戻《もど》ってエカテリーナ様と一緒《いっしょ》に作るのが楽しみで、想像してドキドキしてしまいました」

頬《ほお》を上気させているフローラに、ミハイルが苦笑《くしょう》している。

「まあ素敵《すてき》！　わたくしも楽しみですわ、ぜひレシピを教えてくださいましね」

学園では毎日フローラと一緒に、食堂の厨房《ちゅうぼう》を借りて昼食を手作りしていたけれど、それがなんだか遠い昔のような気がしてしまうエカテリーナである。夏休みに入ってからはすっかりノーブル生活で、自分で料理は一度もしていない。

「わたくしずいぶんお料理から遠ざかってしまって……かまどの火加減の仕方も、すっかり忘れてしまったかもしれませんわ」

ガスのレンジ台やＩＨなどないこの世界では、かまどで薪《まき》を燃やして料理をする。その火加減はなかなか難しい。

なお、木炭や泥炭《でいたん》、石炭もこの世界に存在しているが、燃料としては高価なので、料理には使われないようだ。

「火加減か……あらためて聞くと、火傷《やけど》でもしないかと心配になる」

表情を曇《くも》らせて、アレクセイがエカテリーナの手を取った。

「エカテリーナ、休み明けからは、手ずから料理をするのはやめておかないか。学園に掛《か》け合って、昼食は外部から取り寄せるなり、食堂に専用の人員を入れるなり、方法を考えるから」

お兄様ったらシスコンなんだから。

今さらなことを考えつつ、エカテリーナはアレクセイの手をきゅっと握《にぎ》り返して、ネオンブルーの瞳《ひとみ》を見つめる。

「お兄様がそうお決めになるなら、仰《おお》せの通りにいたしますわ。ですけれど、わたくしがお作りしたものをお兄様に召《め》し上がっていただくお昼のひととき、とても幸せでしたの。その喜びがなくなってしまうのは、悲しいことでございます」

「……」

少しの間の後、アレクセイは小さく咳払《せきばら》いした。

「お前が幸せだと言うのなら、それを失わせたりするものか。すべてはお前の望みのままだよ」

「ありがとう存じますわ、お兄様。フローラ様に教えていただいて、必ず美味《おい》しいものをお作りいたします」

よっしゃ言質《げんち》いただきました！　これからも学園では、お兄様のお昼は私が作ります！

内心でエカテリーナは拳《こぶし》を握る。

にこにこしているフローラの隣《となり》で、ミハイルが遠い目をしていた。

「……こういうやりとりを聞いて、もはや調和を感じるのはなぜだろう」

すまん。シスコンブラコン兄妹ですまん。

それはさておき皇子とフローラちゃん、一緒にいて前より自然体になった気がする。特にフローラちゃん、皇子の前だと遠慮《えんりょ》がちだったけど、そういう垣根《かきね》がぐっと下がって臆《おく》せず話ができるようになったような。

　やっぱり一緒に旅をするって、親密度が上がるよね。悪役令嬢《れいじょう》プロデュースのヒロイン親密度上げイベント、成功かな？　ふふふ、よくやった自分！

「ミハイル様は、お忙《いそが》しくお過ごしでしたのね」

「いろいろ国の行事があったから。あとは、自分の領地を視察していたよ」

　夏休みの過ごし方が、国の行事に参加だもんなあ。ロイヤルプリンスは大変だよね。

　しかし、自分の領地とな？

「ミハイル様はご自分の領地をお持ちですの？」

「うん、生まれた時から」

「エカテリーナ、皇国の第一皇子は、誕生と同時に『青蝶《せいちょう》の領』を与《あた》えられると決まっているんだよ」

　アレクセイが補足してくれて、エカテリーナは目を丸くした。

　すげえ、さすが皇位継承《けいしょう》権第一位。

『青蝶の領』とは、皇室が保有する直轄《ちょっかつ》領のひとつだそうだ。

　皇室が保有するというか、直轄領の持ち主はもちろん皇帝《こうてい》陛下だが、皇后を娶《めと》ったり子供が生まれたりすると、その一部が皇后や皇子皇女に下賜《かし》される。どの領地が与えられるかはほぼ決まっていて、『青蝶の領』は代々、第一皇子の所領となっている。皇子の紋章《もんしょう》に青い蝶がデザインされているのは、これが理由だ。

領地の経営は代官がおこなうが、第一皇子が十二歳になると、自分で領地経営ができるよう学び始めるという。領地からの税収が皇子の内廷費《ないてい》の源泉になり、その使い方、年間の予定を見据《みす》えてどこにどれだけ使うか、翌年に繰《く》り越《こ》すかなども、皇子が自分で考えるのだ。

皇室の収入源は直轄領だけではない、各領主が納める国税からも、一部が皇室内廷費に回されるようだが、領主としての仕事を学ぶことは、やがて皇帝の位に即《つ》くための帝王学の一環《いっかん》に違《ちが》いない。

十二歳ですか。おこづかい帳とか渡《わた》されて、おこづかいのやりくり自分でしましょうね、って年齢《ねんれい》で、領地経営、内廷費の管理ですか。周囲がきっちり支えて教えるにしても、ロイヤル容赦《ようしゃ》ねえ！

「ユールノヴァ領とは規模が違う。アレクセイがやっていることとは比べものにならないよ」

ミハイルは微笑《ほほえ》むが、彼は彼でアレクセイとはまた別の苦労があるはずだ。それなのに、みじんもそれを感じさせない。

これも、いずれ至高の位に即く者として、臣下にどういう姿を見せるべきかを計算してのことかもしれない。

……なんだかなー……。考えたら気が遠くなるわ。

領地の規模はユールノヴァほどではないといっても、領主は彼にとって通過点というか、それがいかなるものかを知っておくためにやっていることなんだもの。

領民がいて、領主がいて、その遥《はる》か上の存在である皇帝。目の前で微笑んでいる十六歳の少年は、いつかその座に即く。それを受け入れ、倦《う》まず弛《たゆ》まず、玉座へ至る道を進んでいる。

まだ子供なのにね。偉《えら》いけど、やがて主君に戴《いただ》く方と思うとその優秀《ゆうしゅう》さに安心もするけど、前世の感覚では、ただの少年でいられない十六歳の彼に、勝手な同情心が湧《わ》いてくるわ。

学園で会っていた時には、そういうことをちっとも意識しなかった。だって、皇子だと皆《みな》に知られていても、一人の生徒として溶《と》け込んでいたから。

でも思えば学園生活は、彼の人生にとって、とても特別なひとときなんだろう。

エカテリーナとアレクセイも、ユールノヴァ領に来てからの日々を話した。

もっともアレクセイは簡潔なものだ。

「公爵の務めを果たしておりました」

これだけだったが、ミハイルは微笑んだ。

「順調かい」

「はい」

「そう、良かった」

簡潔なだけに、奥が深すぎると言えよう。

皇子……どこまで把握《はあく》して言っているんだろう。そういえば江戸幕府《えどばくふ》は、各藩《はん》に隠密《おんみつ》を送り込んで内情を把握していたというけど、皇室もそういうことをしているのかな。

いや、もし隠密的な者を送っているとしても、報告を受けてすべてを把握しているのは陛下のみだろうから、皇子はノヴァダインたち旧勢力を一掃《いっそう》したこととかは知らないはず。考えすぎだよね。一般的《いっぱん》に考えて、若くして広大な領地を統治するには困難が伴《ともな》うから、そういうことを言っているだけ……のはず。

でもこの、何でも知っているかのような空気の出し方……さすがロイヤルプリンス。

前世の十六歳、高校一年二年の男子を思い起こすと、サッカーの試合のこととか連載漫画《れんさいまんが》の展開がアツいとかお好み焼きの具は何が至高とか、そんなことを駄弁《だべ》っていた記憶《きおく》しかないな。子供だったもん。それで許される、大事な、振《ふ》り返ってみれば幸せな時代だったもん。

学園のクラスで接する同級生を思い出すと、前世と同じようなものだから、お兄様と皇子が特殊《とくしゅ》なんだけど。

大人になるのが早すぎて、ちょっと胸が痛むような……すごいなーと惚《ほ》れ惚《ぼ》れするような。

エカテリーナは山岳神殿《さんがくしんでん》への旅の話をした。単眼熊《たんがんぐま》の退治や、噴火《ふんか》の神託《しんたく》を受けたことを話すと驚《おどろ》かれて盛り上がったが、死の乙女《おとめ》と死の神や魔竜王《まりゅうおう》との遭遇《そうぐう》は話さなかった。話題はいちいちアレクセイとアイコンタクトして話して良いかを確認《かくにん》していたのだが、そのあたりに関《かか》わるところで、アレクセイがすっと話に入ってきたのだ。

「この子の旅には多くの驚くべき出来事がありました。私から陛下に奏上したき件があったほどです」

……そうか、玄竜《げんりゅう》を『一国の軍隊にも匹敵《ひってき》する存在』と表現したから。それとの遭遇や友誼《ゆうぎ》は、ユールノヴァどころか皇国の軍事力を変化させるほどのこと。友達への近況報告《きんきょう》感覚で話していいことではないんだろう。

お兄様はすでに公爵《こうしゃく》だけれど、皇子は皇位継承者であっても、まだ本当の権力者ではない。そこはやはり、厳然として違いがあるんだ。

エカテリーナは、にこ、とミハイルとフローラに微笑んだ。

ミハイルも穏《おだ》やかにうなずく。

「エカテリーナはいろいろ変わったことに出会う性質みたいだね。学園で魔獣《まじゅう》と闘《たたか》ったことを思い出したよ」

うむ。『オッケー訊《き》かないよ』の洗練形、これもさすが。

そしてフローラちゃんは、ただ微笑んで口を挟《はさ》むこともなく控《ひか》えている。庶民《しょみん》として生まれ育ったのにこの思慮深さ、賢《かし》い。本当にポテンシャル高い。

乙女ゲームのヒロインだから、攻略《こうりゃく》対象の皇子を無事に攻略してほしいと思っていたんだけど。でないと自分の破滅《はめつ》に繋《つな》がると思うと、本当にお願いしたいんだけど。

フローラちゃんが皇子とラブになったら……フローラちゃん、やがて皇太子妃《ひ》、さらには皇后？　それはもう、大変だろうなあ……。

でも、それを超《こ》えられるポテンシャルの持ち主であることも確かだし。

とにかく、悪役令嬢はヒロインと皇子を応援《おうえん》します！

「ユールノヴァは良き地であると、その旅であらためて思いましたのよ。短い間ではありますけれど、精一杯《せいいっぱい》おもてなしさせていただきますわ」

その言葉でエカテリーナは話題を変え、二人が滞在《たいざい》中の歓迎《かんげい》行事についての説明になった。

主な催《もよお》しは二つ。

まず、ユールノヴァ城での歓迎の宴《うたげ》。先日のアレクセイ公爵就任の祝宴《しゅくえん》（といいつつ公爵令嬢エカテリーナのお披露目《ひろめ》）よりもぐっと招待者を絞《しぼ》り込んで、そのぶん豪華《ごうか》にとりおこなう。

次期皇帝が主賓《しゅひん》の宴に招待されたとなれば、末代までの語り草。大きな誉《ほま》れだから、ユールノヴァの関係各位から招待してほしいという希望が殺到《さっとう》したそうだ。厳選した招待者には恩を売ったことになり、アレクセイの領政に大いにプラスとなる。

そして、一日がかりの狩猟《しゅりょう》大会。こちらも選ばれた参加者とともに、盛大《せいだい》に実施《じっし》する。前世でも洋の東西を問わず、狩猟は貴族にとって一番の娯楽《ごらく》だった。

さらに言えば、単なる娯楽ではなく、夏の間に食料を確保して保存食にし、厳しい冬に備えるという実用的な目的もある。いわゆるトロフィーハンティングではないのだ。

なお、最後には皆で獲物《えもの》の一部を美味《おい》しくいただく予定。お肉をその場で調達、ワイルドなバーベキューパーティーですね。

「女性たちも参加しますの。狩猟に参加する婦人もいらっしゃるそうですけれど、多くの方は涼《すず》しい小川のほとりで鳥の声など愛《め》でながら、お菓子《かし》をいただいたりおしゃべりしたりして過ごすのですわ。わたくしも初めてですけれど、狩猟場は美しいところだそうですの。皇都でお暮らしのフローラ様には珍《めずら》しい、自然豊かな景色をお目にかけられると思いましてよ。木陰《こかげ》で一緒《いっしょ》に、散策などいたしましょうね」

「わあ……素敵《すてき》ですね。とても楽しみです」

エカテリーナの言葉に、フローラが笑顔《えがお》で頬《ほお》を染める。アレクセイはミハイルに言った。

「猟場の獲物は主に鹿《しか》ですが、他《ほか》に猪《いのしし》や、大角牛などの食用に適した魔獣も獲《と》れる場合があります。近隣《きんりん》の村人たちは勢子《せこ》を務めるのに慣れておりますので、うまく追い込んでくれるでしょう」

「ユールノヴァでは、村人たちに獲物を分け与《あた》えるそうだね。それなら、熱心に協力してくれるのもわかるよ。珍しい獲物を追えるのは嬉《うれ》しいな、楽しみだ」

ミハイルの目がきらりと光る。

エカテリーナは少し驚いた。皇子、狩猟が好きなんだ。そういえばハンター気質なんだった。でも、そんなワイルドな面があるのって、やっぱり意外。

なんて思ったエカテリーナだが、次のミハイルの一言に、それどころでなく驚くことになる。

「ところで、開いてくれる歓迎の宴だけど。ファーストダンスのパートナーは、エカテリーナにお願いしていいかな」

はいい⁉

何をおっしゃるウサギさんー！

「今回の宴は、ミハイル殿下《でんか》とフローラ嬢《じょう》が共に来賓となっております。ファーストダンスは、フローラ嬢をパートナーとして踊《おど》っていただくものと考えておりました」

表情を硬《かた》くして言うアレクセイに、エカテリーナはコクコクとうなずくばかりだ。

正直それしか考えてなかったよ！　それがセオリーなんじゃないの？

私が君のパートナーなんてマズいんだよ、悪役令嬢が攻略対象のパートナーになるとか、破滅フラグがアップを始めるわ！

男爵令嬢フローラちゃんは今回、『ミハイル皇子殿下の同行者』『親しいご友人』という立場が加わって、待遇《たいぐう》にブーストがかかっている。公爵令嬢だからって私がパートナーで当然、という話にはならない。むしろ、皇族の同行者をさしおいて、訪問先の令嬢が身分を笠《かさ》にきて「殿下のパートナーはこのアタクシよ！」とかやったら、失礼もいいところ。

まあそりゃ、皇族がどちらとどれだけ親しいか、とか色々な要素によってケースバイケースではあるけれど。今回は、フローラちゃんがパートナーで問題ないはずだよ。

「うん……普通《ふつう》は男女の組み合わせで訪問すれば、その二人がパートナーだよね。だけど、今回はちょっと特殊だと思うんだ」

困ったような顔で、ミハイルが言葉を返す。

「男女の組み合わせで訪問する場合、その二人は結婚《けっこん》しているか、婚約者同士なのが普通なんだよ。でも、今回はそうじゃない」

う……。

そりゃそうだ、未婚の男女が旅行なんて、この世界この時代、あまりしないよね……。

す、すみません。私が無理矢理《むりやり》、悪役令嬢プロデュース特別イベントをぶっこんだばっかりにそんなことに。

「確かに珍しい事例になりますが、前例はいくつもあるはず。ここまでの旅を共にされたフローラ嬢をパートナーにしないことは、ユールノヴァでの彼女の立場に望ましくない影響《えいきょう》をもたらす恐《おそ》れがあります。いかがなものかと」

アレクセイの言葉に、再びエカテリーナはコクコクうなずく。

いやパートナーがどうなろうと、フローラちゃんの待遇ブーストは私が死守するけれども。

ここは、会津《あいづ》の郷土玩具《がんぐ》赤べこのようにひたすらうなずきます。

「そうは言っても、僕とファーストダンスを踊ったというのは、皇都へ戻《もど》った後々まで意味を持つ可能性がある。君にはよくわかるはずだろう」

ミハイルの言葉の裏には、フローラとの身分差があるのだろう。皇都に戻って待遇ブーストが消えた後、元平民の男爵令嬢が皇子のファーストダンスのパートナーを務めたという事実だけが残ると、それがフローラの立場を複雑にすると。

いやむしろ、そこが悪役令嬢プロデュース特別イベントの最大の収穫《しゅうかく》になるはずだったんだけど……。この先、皇子の攻略が進んだ時のフローラちゃんの立場を、あらかじめ強化できるといいなって。

くっ、やっぱり悪役令嬢のなんちゃってイベントでは、そこまで攻略を進められなかったか。ゲームだと、フローラちゃんが皇子とダンスを踊るのはもっと後だもんね。

「だから、僕とフローラがパートナーというのは、むしろ彼女に迷惑《めいわく》をかけてしまうことになりそうで。それに、フローラはパーティーに参加したことがないそうなんだ。それでいきなりファーストダンスは、大変だろう」

うっ！

そ、それは……私だって、たいがいメンタルの試練だったのは事実……。

ちら、とエカテリーナがフローラを見る。アレクセイも彼女の言葉を待つ様子だ。

と、勇気を振《ふ》り絞る表情でフローラが言った。

「あの！　すみません……ファーストダンスというのは、何でしょうか？」

これには、他三名が揃《そろ》って顔色を変えている。

そこからだったあああ！

正式なパーティーでは、一番身分の高い者が最初に踊る、というルールを説明すると、フローラは青ざめた。

そうだよね……知らないよね、ちょっと前まで庶民《しょみん》だったんだから、触《ふ》れる機会のない言葉だよね！

事前に説明しておかないといけなかったよ、私のバカバカバカー！

「すみません、ものを知らない身で、お恥《は》ずかしいです……」

「いいえ！　フローラ様は悪くなどございませんわ、むしろ知っているはずのないことですもの！　わたくしが事前にお教えしなければいけなかったのです！」

ごめん！　ごめんよフローラちゃん、ダンスだってまだ慣れてないのに、考えが足りなすぎたよ、本当にごめん！

お兄様と皇子は、基本的に自分がファーストダンスを踊る立場。それが何かを知らない人間と、接することがない立場でもある。

私が気をつけなきゃいけなかった、私しか察せないことだったのにー。

さすがのアレクセイも、フローラをミハイルのパートナーにとは言えなくなり、焦《あせ》りが見えている。招待客一覧を高速で検討しているようだが、ふさわしい相手がいるはずもない。

じゃ、じゃ、じゃあ。

責任とって、私が皇子のパートナーを……。

……。

……。

ちら、とアレクセイを見るエカテリーナ。

いや駄目《だめ》！　破滅《はめつ》することになっちゃったら、お兄様も巻き込むんだから。皇子のパートナーになりたがるって、ゲームのエカテリーナそのものだよ。ここからゲームのシナリオが息を吹《ふ》き返して、やがて断罪破滅……やだやだ怖《こわ》い！

それに。

エカテリーナはちらりとミハイルを見る。

「あの……そんなに重く考えないでいいと思うんだ。君なら、このユールノヴァで一番身分の高い女性だから、身分の釣《つ》り合いでパートナーになっただけだって、周囲も理解すると思う」

ミハイルの言葉には説得力があったが、エカテリーナは、その……と口ごもってから言った。

「わたくし……お恥ずかしゅうございますけれど、お兄様以外の殿方《とのがた》と踊ったことがございませんの……」

「え……そうなの？　でも、授業でも習うのに」

そう、ダンスは学園の授業に組み込まれていて、級友同士で踊る。のだが。

「わたくしはいつも、フローラ様と踊っておりますわ」

ダンスの授業は基本、男女の組み合わせで練習する。けれどクラスの男女数が同じでないため、エカテリーナとフローラは以前ぼっち同士だった頃《ころ》から、ダンスの授業でパートナーをやっているのだ。男性パート女性パートを毎回入れ替《か》えて、きゃっきゃうふふと踊っている。今ではもうぼっちではなくなった二人だが、美少女二人のきゃっきゃうふふを邪魔《じゃま》する級友はおらず、ずっと二人で気楽に踊っているのだった。

「そ、そうです。エカテリーナ様と私でいつも踊っています。ですから！」

フローラが拳《こぶし》を握《にぎ》った。

「エカテリーナ様と私がファーストダンスを踊ればいいのではないでしょうか！」

フローラちゃん！

名案！

「そうですわね、それなら問題ありませんわ！」

「二人とも、ちょっと落ち着こうね」

ミハイルが冷静に言う。

ロイヤルつっこみいただきました。なかなかキレがあるよ、見所あるな皇子！

「それも一考に値《あたい》するような……」

「君までか!?」

アレクセイにはもはや遠慮《えんりょ》なく呆《あき》れるミハイル。

やっぱりつっこみにキレがあるよ、いっそダンスより漫才《まんざい》の相方にスカウトしよう！

なんて現実逃避《とうひ》している場合か本当に落ち着け自分ー！

でもさ、皇子はいい友達だけど、それだけになんか……ダンスって、抱《だ》き合って踊《おど》るんだよ。密着するんだよ。皇子とそういうことするの、あらためて想像してみると、気恥ずかしいよー。

前世の記憶《きおく》があるせいでそう思うだけで、この世界では普通のことなんだけど。

うわーん誰《だれ》だよ、ソシアルダンスなんて恥ずかしいものをこの世界に普及《ふきゅう》させたのは！

ピョートル大帝《たいてい》だよ！　うらみます！　不敬罪かな！

ユールノヴァにダンスを持ち込んだのは、ピョートル大帝というよりその弟で公爵《こうしゃく》家開祖の初代セルゲイ公なんだけど——。

あ。

「あの……それでは、せっかくの機会ですもの、このようにお願いできませんこと？」

急遽《きゅうきょ》呼び出されたノヴァク夫人アデリーナは、人好きのする顔にいささかの緊張《きんちょう》をたたえて、皇子ミハイルに跪礼《きれい》をとった。

「お会いでき光栄に存じます、皇子殿下《でんか》」

「どうぞ楽にしてほしい、伯爵《はくしゃく》夫人。急な呼び立てに応じてくれてありがとう」

完璧《かんぺき》なロイヤルスマイルで、ミハイルは言う。

伯爵夫人というのも、あえてのリップサービスである。長年アレクセイを支えてきたノヴァクは子爵であるが、伯爵への爵位引き上げ、陞爵《しょうしゃく》が決定している。アデリーナを紹介《しょうかい》する際にアレクセイが、ノヴァク家について現在は子爵だがまもなく伯爵となる、と説明したことを受けてそう呼びかける十六歳。実にそつがない。

「夫君《ふくん》はアレクセイの最も信頼《しんらい》する腹心だそうだね、ユールノヴァの安定を支えてくれて、僕としても嬉《うれ》しく思っている」

「なんと嬉しいお言葉……夫もさぞ感激することでしょう」

本当にアデリーナは、身が震《ふる》えるばかりに感激しているようだ。

なお、ノヴァクについてはアレクセイは、臣下と説明しただけだった。それなのにどういう存在か把握《はあく》しているあたり、ミハイルはユールノヴァを訪問するにあたって、しっかりと予習してきたのだろう。そつがないというか、油断ならないと言うべきか。

「それに、ユールノヴァ伝統のダンスに関心を持っていただけたことも、わたくしは本当に嬉しゅうございます。皇国の建国以前より、身分の上下を問わず愛されてきたものですので。皇子殿下を歓迎《かんげい》する宴《うたげ》で、高貴な方々が踊ってくださったと知ったなら、ユールノヴァの領民たちは皆《みな》、どれほど喜び誇《ほこ》りに思うことか」

そう。ユールノヴァ領に来てからエカテリーナのダンス教師を務めてくれているアデリーナは、稽古《けいこ》の合間にダンスにまつわる蘊蓄《うんちく》を教えてくれていた。

その中で、ユールノヴァに古くから伝わるダンスはグループで踊るものであること、中でも若者たちに愛好されてきたダンスがあること、祖父セルゲイ亡《な》き後、そのような野蛮《やばん》なものは根絶やしにせよ、と祖母アレクサンドラが命じ、以来おおっぴらには踊れなくなっていて皆残念に思っていること、を話してくれたのだ。

それは残念なことですわ、お話をうかがうと、とても素敵《すてき》なダンスのようですのに。そう応じたエカテリーナは、内心激怒《げきど》していた。

てめーは本当にろくなことしないなクソババア！　地方の伝統文化を根絶やしにしようなんて、てめーのほうがよっぽど野蛮じゃ！

ミハイルとのファーストダンスを回避《かいひ》したいエカテリーナが、思い出したのがそれだった。

そこで、こう提案したのだ。

『せっかくユールノヴァにいらしてくださったのですもの、ユールノヴァ固有のダンスを踊りませんこと？　それなら、四人で踊れますのよ。それに、そのダンスは今、危機に瀕《ひん》しているそうですの』

アレクセイが言う。

「夫人がエカテリーナに教えてくれたそうだが、祖父が亡くなってのち郷土の文化が軽視され、消えようとしていることを、私も初めて知った。由々しき事態と考え、私の代ではそのような方針は撤廃《てっぱい》する。皆に時代が変わったことを知らしめる、よい機会として、今回の歓迎の宴で採用することになった」

決して嘘《うそ》ではない。

しかし建前である。

「皇子殿下、そして皇帝陛下は、各地がそれぞれの文化を守ることに鷹揚《おうよう》な方だ。エカテリーナの提案に、快く協力してくださることになった」

アレクセイの言葉に、ミハイルもうなずいた。

「楽しそうだからね。それに皇国の開祖ピョートル大帝は、各地の文化を否定するようなことは、望んでおられなかった。ユールノヴァ公爵家の開祖セルゲイ公は、この地の人々との融和《ゆうわ》を重視されたと聞く。それがユールノヴァの平和と安定の礎《いしずえ》になっていると、父上も評価しておられた。僕が役に立てるなら、嬉しく思うよ」

建国四兄弟の次兄《じけい》である開祖セルゲイは、土着の豪族《ごうぞく》の娘《むすめ》であり山岳神殿《さんがくしんでん》の巫女《みこ》でもあったクリスチーナと結婚《けっこん》し、現地の文化を尊重して融和に心を砕《くだ》いた。

皇国には建国期からの由緒《ゆいしょ》ある貴族であっても、皇帝から領地を与《あた》えられ統治するにあたって元からの家臣を徹底《てってい》的に優遇《ゆうぐう》し、領地にもともと住んでいた人々を差別しているところもあるそうだ。しかし、そうした領地はやはり、人心が安定しづらい傾向《けいこう》があるらしい。

ミハイルからそう聞いて、エカテリーナは前世の土佐藩《とさはん》を思い出した。坂本龍馬《さかもとりょうま》を生んだ藩として有名な土佐藩は、藩主山内《やまうち》家の元からの家臣を上士として優遇し、もともとそこにいた長宗我部《ちょうそかべ》家家臣だった武士を郷士《ごうし》として差別していたと、さまざまな時代小説で描写《びょうしゃ》されていた。

　そういう抑圧《よくあつ》が幕末の志士を生む原動力になったという話もあったけど、やっぱり気分のいいものじゃないよね。私、本当にうちの子でよかった。

　そしてお兄様、あらためて超《ちょう》有能！

　私は破滅《はめつ》フラグを回避したいだけで提案したんだけど、すぐさま公爵位継承《けいしょう》に伴《ともな》う人心刷新の策に変換《へんかん》して、皇子からも同意をとりつけてくれた。さすがです、お兄様。

　そして皇子も、立派だよ。『僕としても勉強になりそうだ』って言って同意したんだもの。彼もやがて皇帝の位を継承する身、その時に人心刷新策をおこなう場合の参考にしようとしているんだろう。

　これで十六歳。先が楽しみだよ、うん。


　いやアレクセイは、八割方はエカテリーナをミハイルに奪《と》られたくないシスコンで動いたのだが。

　そしてミハイルも、ここでパートナーに固執《こしつ》するよりも、いったん退いてアレクセイに協力してみせたほうがエカテリーナの好感度を上げられるという判断が八割なのだが。

　そんな思惑《おもわく》にさっぱり気付かない、相変わらず安定の恋愛《れんあい》残念女である。

アデリーナ夫人は涙《なみだ》ぐむほど感激しているが、高貴で見目麗《みめうるわ》しい若者たちの関係性をどう見たのか、目を輝《かがや》かせて生き生きしてきた。息子《むすこ》と娘がすでに結婚して子育てが一段落した年代の女性として、思うところがあったらしい。

「殿下も閣下も素晴《すば》らしいお方。そして美しいお嬢様《じょうさま》方、きっとお客様方の目を釘付《くぎづ》けにするような、素晴らしいダンスになりますわ。さあ、ステップをお教えいたしましょう。このダンスは、若者たちが女性を得るために争い、求愛し、受け入れられるまでを様式化したものですのよ」

古くからのものですから、ステップは単純です。そうアデリーナが言った通り、難しいものではなかった。

最初は男性と女性に分かれ、向かい合う。

男性たちは女性たちに一礼し、手を差し伸《の》べる。

女性たちは素知らぬ顔で、お互《たが》い同士で手を取り合い、踊り出す。楽しげな笑顔《えがお》でステップを踏《ふ》み、ひらりと離《はな》れてそれぞれくるりと回る。実演してみせたアデリーナのスカートがふわりと広がって花のようだ。そして二人一組で腕《うで》を組み、そのまま組んだ腕を中心にくるりと回り、最後にポーズを決める。それを繰《く》り返す。通常はもっと人数が多いので、相手を替《か》えながら繰り返すのだ。

その間、男性たちも男性同士で踊《おど》る。ただし、女性を巡《めぐ》って争う様子を表すものだから、ダンスというより何かの武術の演武のようだ。

女性たちが踊り出すと、男性たちは互いに向かい合い、拳《こぶし》を上げて構えをとる。拳の甲《こう》と甲を軽く打ち合わせ、すぐ離れてそれぞれステップを踏み、再び向かい合って上腕《じょうわん》と上腕をクロスさせる形で合わせる。右、左。旋回《せんかい》し離れて、再び構え。こちらも繰り返す。

男女別パートが終わると、再び男性たちが女性に一礼し、手を差し伸べる。今度は女性たちも応じ、男女でペアになる。といっても、手を取り合うこともなく、触《ふ》れ合うことなくステップを踏む。男性からは手を差し出すのだが、女性たちはひらりと逃《に》げる。追うように踏み込む男性、逃げる女性。相手を替えて、繰り返し。

最後のパートになって、初めて女性は男性の手を取り、息を合わせて踊る。最初の女性パートを男女で踊るのに近い。最後に腕を組んで回り、ポーズをとって、互いに一礼。相手を替えて一巡《いちじゅん》したところで、終了《しゅうりょう》。

「これは基本形です。村ごとに細かな特色がありますし、世代ごとに変わってゆく場合もありますので、踊りやすいように変えていただいても問題ございませんわ」

皆で移動した、小規模なパーティーに使用される広間でそう語るアデリーナの隣《となり》で、ひたすら無言でいるのは夫ノヴァクだ。

ほぼ表情がない。

執務《しつむ》中に突然《とつぜん》呼び出されて、心の準備なく皇子殿下《でんか》に対面し、挨拶《あいさつ》もそこそこに妻に『昔お教えしましたでしょ、うちの領地のダンス』と言われて、夫婦《ふうふ》で実演してみせる羽目になった彼の心中は、計り知れないものがあるだろう。

アデリーナは夫を女性パートに付き合わせるほど鬼畜《きちく》ではなく、ノヴァクは男性パートを一人で実演し、男女パートを夫人と踊ってみせた。ダンスが縁《えん》を結んだ夫妻だけあって、五十代の現在も動きにキレがある。名手の貫禄漂《かんろくただよ》う夫妻の舞踏《ぶとう》に、一同は拍手《はくしゅ》を贈《おく》った。

そして実演が終わると、『ありがとうあなた、もうお戻《もど》りになって』と夫人に背を押されてノヴァクは戻っていった。……その心中、計り知れないものがある。

すみませんノヴァクさん、私が突然みんなで踊ろうとか言い出したばっかりに、えらいとばっちりを食わせて本当にすみません。

内心平謝りしながらも、エカテリーナはほっとしている。人数が少ないので、ダンスはすぐに終わりそうだ。自分が言い出しておいてなんだが、満場の注目を浴びながら付け焼き刃《ば》のダンスを踊るのは、かなり精神力が要《い》る。人生の試練と言っていい。

なんて、そんな試練にみんなを巻き込んだのは私だった！　すまん！　すまん！　何も考えずにとんでもない提案をしてしまって、ほんとすまん！

と内心平謝りアゲインだったエカテリーナだが、すぐにその平謝りを撤回することになる。

というのも、他《ほか》三名が、あまりにもあっさりと、かつ高レベルに、そのダンスをマスターしてしまったからだ。

特に男子二人。物覚えが良く運動神経も抜群《ばつぐん》、さらに昔からの剣《けん》の練習相手で互いの呼吸を知り抜《ぬ》いているアレクセイとミハイルは、最初に男性パートを二人で合わせてみたときから完《かん》璧《ぺき》だった。

向かい合い、拳を上げる。

その時に、ミハイルは珍《めずら》しく『少年ぽい』感じで、にっと笑った。

それを受けて、アレクセイはわずかに目を細め、唇《くちびる》の端《はし》にふっと笑みを浮《う》かべた。

そして、同時に踏み込む。拳の甲と甲をコツリと打ち合わせ、そこから、闘《たたか》いを模したステップを本当に争っているかのような緊迫感《きんぱくかん》ある動きで、最後まで通してのけた。幼い頃《ころ》から武術を学んできた者の、キレのある動きが美しい。

見ていたエカテリーナは、膝《ひざ》から崩《くず》れ落ちそうになるのを必死でこらえている。

(いやあああー！　お兄様かっこいいー!!　もうどうしよう！　皇子もかっこいいよ、珍しくロイヤルより男の子って感じで、アラサー目線だと可愛《かわい》いけど！)

頑張《がんば》れ自分！　私が崩れたら、シスコンお兄様はきっと心配して、歓迎《かんげい》の宴《うたげ》に出なくていいと言ってくれてしまう。言い出しっぺの私がファーストダンスを放《ほう》り出して部屋で寝《ね》ているとか、あり得ないだろ！

「まあまあ、なんて素晴らしい……お二方とも完璧ですわ。宴ではご令嬢方ご婦人方が、うっとりと見惚《みほ》れることでしょう。お嬢様方、そうお思いになりませんか」

「ええ、本当に！」

アデリーナの言葉に、エカテリーナは短く強く答えるにとどめた。お兄様かっこいい！と小一時間語ってしまわないよう、自制する。

「フローラ様もそうお思いになりませんこと？」

皇子かっこいい！って思ったりする？　語る？

わくわくした気持ちで尋《たず》ねてみたエカテリーナだが、

「はい、お二人とも素敵《すてき》だと思います」

という、礼儀《れいぎ》正《ただ》しくも冷静な答えをもらって、あれ？　となった。

こういうものかなあ。

まあいいや、このあと夏休みらしいことを予定しているから、その時にじっくり聞いてみよう。

エカテリーナとフローラで踊った女子パートも、アデリーナからは合格をもらったのだが。

花のような笑顔のフローラは、妖精《ようせい》のような軽《かろ》やかさで踊る。彼女につられるようにエカテリーナも笑顔で踊ったのだが、フローラと比べると動きが悪い、と思う。

「フローラ様は軽快、エカテリーナお嬢様は優雅《ゆうが》な動きでいらっしゃいますわ。なんてお美しい」

アデリーナはそう評してくれたが、エカテリーナはそろそろ自覚している。

今生の私……運動神経がちょっと残念じゃなかろうか……。

フローラちゃんもダンスを始めたのは学園に入学してからで、お兄様や皇子と違《ちが》って身に染《し》み付いているわけではないのに、運動の面でもポテンシャル高いよなー。

男女パートを踊ってみると、やはりエカテリーナだけテンポが遅《おそ》いようだ。特にミハイルと踊る時、ちょっと距離《きょり》の取り方に悩《なや》んでしまう。『逃げる』パートはともかく、最後の『受け入れる』パート、腕を組んで回ったりするあたり。

「ごめん、僕が少し早いみたいだ」

困った顔で、ミハイルが夏空色の髪《かみ》をかき上げる。すぐさまエカテリーナは首を振《ふ》った。

「いいえ、わたくしが遅いのですわ」

正確にはとろいのかも……。

あ、ちょっとかなしい。

いや本当にとろかったら、一度でダンスを合わせられない。他三人がやたら高スペック高ポテンシャルなだけで、本人も充分優秀《じゅうぶんゆうしゅう》なのだが。一般《いっぱん》的なレベルを見失いつつあるエカテリーナである。

「エカテリーナ、そう自分に厳しく考えなくていい。お前は女神《めがみ》のように優雅だよ」

「はい、エカテリーナ様は素敵です！」

アレクセイがエカテリーナの髪を撫《な》で、フローラが力説する。が、エカテリーナはうなずけない。

お兄様が私を褒《ほ》めるのは、シスコンフィルターゆえですから。フローラちゃんはいつも優《やさ》しいし。

私が皆《みんな》を思いつきに巻き込んだのに、その私が足を引っ張るってあかんやろ！

「ご心配でしたら、もう少し練習なさればすぐ、息が合わせられると思いますわ」

アデリーナの言葉に、エカテリーナは真面目《まじめ》な顔でうなずいた。

よし、頑張ろう。

「ミハイル様、もう一度、練習にご一緒《いっしょ》いただけますかしら」

「もちろん、こちらからお願いしたいくらいだよ」

ということで、数度ミハイルとのパートを練習して、ようやく納得《なっとく》がいったエカテリーナであった。

そして後から、ミハイルとのファーストダンスを回避《かいひ》しようとしていたとか、踊るのが気恥《きは》ずかしいとか思っていたことを思い出して、あれ？　となった。

ま、まあ、『ファーストダンスのパートナー』ではないし、抱《だ》き合って踊るソシアルダンスじゃなくて腕《うで》を組むだけのフォークダンスみたいなもんだし、夏休みの思い出らしいと言えばらしいから、いいことにしよう……。

さて、このあと女子会だー！


「フローラ様、お急ぎになって。明るいうちに見ていただきたいの」

「はい、エカテリーナ様。でも、何を見るんでしょう」

「ご覧になっていただいてのお楽しみですわ！」

楽しげに話しながら、エカテリーナとフローラはユールノヴァ城の廊下《ろうか》を歩いてゆく。ダンスの練習を終えて、晩餐《ばんさん》までのひとときをそれぞれくつろいで過ごしてもらう予定だったのだが、急遽《きゅうきょ》エカテリーナがフローラを誘《さそ》ったのだった。

行き着いたのは、ユールノヴァ城の北東の翼《よく》。ここは、通常は使用されていない。ユールノヴァ公爵《こうしゃく》家が皇女の降嫁《こうか》を賜《たまわ》った場合にのみ、公爵夫人の住まいとして使用される。つまりは、祖母アレクサンドラが暮らしていた場所だ。

そこの小広間の扉《とびら》を、エカテリーナは開け放つ。

「まあ！」

小広間を埋《う》め尽《つ》くす、豪華《ごうか》なドレスの数々。

「祖母の遺品のドレスですわ」

「ここにもこんなに……」

ババアの侍女《じじょ》だったノンナが、皇都の公爵邸《てい》で遺品のドレスを見たときに、公爵領の本邸にはもっとたくさんあるとなぜか誇《ほこ》らしげに言っていたけれど、事実でしたよ……。

皇都の分は、公爵邸に遊びに来てくれたクラスメイトたちに持って帰ってもらってだいぶ捌《さば》けたんだけど。正直、これ、どうしよう。何度もああいうことをやると、さすがに見せびらかし感というか、やらしい気がするんだよね。

でも、役には立ってるんだよな。夏休み前、クラスメイトの男爵令嬢《れいじょう》オリガちゃんが弟が初めて正式なパーティーに参加したって話をしていた時に、小声でありがとうございますって言ってくれて。家族のためにドレスを売って、そのお金で弟さんの支度《したく》ができたんだろうな……きっとオリガちゃんの他《ほか》にもそういう子が……。

ひとまず、それはさておき。

「フローラ様、こちらをご覧になって」

エカテリーナはフローラの手を引いて、あるドレスの前へ連れて行った。

「こちらを見た時、驚《おどろ》きましたの。わたくしのドレスと色違いでよく似ておりますのよ」

ドレスのデザインはある程度パターンがあるわけなので、これだけあるとデザインかぶりがあっても不思議はない。

「歓迎の宴で、ダンスをご一緒することになりましたでしょう。ドレスのデザインを合わせることができれば素敵だと思いましたの。それにこちらのドレス、きっとフローラ様によくお似合いになりましてよ。フローラ様がお嫌《いや》でなければ、わたくし、フローラ様とおそろいの衣装《いしょう》で踊《おど》りとうございますわ」

「おそろい……エカテリーナ様と私が……」

呟《つぶや》いて、フローラはぽっと頬《ほお》を染めた。が、はっと我《われ》に返る。

「で、でも、きっととても高価なドレスですし、サイズが」

「祖母は背が高《たこ》うございましたものね。でも、明日の夜まで時間があるのですもの、メイドたちが頑張《がんば》って直してくれますわ。フローラ様、わたくしとおそろいはお嫌かしら」

「まさか！　とても嬉《うれ》しいです！」

両手をぎゅっと拳《こぶし》にして叫《さけ》んだフローラに、エカテリーナは大喜びでその両手を取った。

「まあ嬉しい！　宴《うたげ》がいっそう楽しみになりましたわ！」

そこへ、家政婦のライーサが数名のメイドを引き連れて現れる。

「お嬢様、ドレスに合いそうなアクセサリーをお持ちいたしました」

「ありがとう、ライーサ。フローラ様、ドレスを試着なさって。アクセサリーをお貸ししますわ、合わせてみて、どれを使うかお選びになってくださいまし」

「えっ？　いえ、あの」

「アクセサリーも含《ふく》めて、できるだけおそろいにコーディネイトしたいと思いますの。ですからどうかお使いになって。一緒に、うんとおしゃれいたしましょうね。わたくしがお願いしてユールノヴァに来ていただいたのですもの、フローラ様にはたくさん楽しんでいただきたいの！」

その言葉が合図だったかのように、メイドたちが配置につく。

そしてフローラが目を白黒させているうちに、ライーサがアクセサリーを選び、エカテリーナはあらあれも似合いそうですわ、ちょっとお試《ため》しあそばせ、などと言っていくつもドレスを持ってくる。

あれよあれよという間にファッションショー状態、エカテリーナとメイドたちからお似合い、可愛《かわい》い、おきれいと褒め言葉の雨あられで、フローラは戸惑《とまど》いつつも夢見心地《ゆめみごこち》で楽しんだようだった。

「お願いね」

「はい、お任せください」

エカテリーナの頼《たの》みに、ライーサとメイドたちがうなずく。フローラが試着したドレスは、明日の夜に歓迎《かんげい》の宴で着る以外のものも、すみやかにお直ししてフローラに届けるのだ。

なぜなら、それが必要になる理由があるから。

皇子殿下《でんか》とご友人フローラ嬢の到着《とうちゃく》当日である今日は、旅の疲《つか》れに配慮《はいりょ》して公爵兄妹《きょうだい》と友人四人で晩餐をとる。

しかし、エカテリーナ目線では、旅の疲れに配慮できている気がしなかったりする。公爵家の晩餐は、正装してコース料理をいただくものだから。

転生してからはそれが当たり前で暮らしてきたエカテリーナだが、庶民《しょみん》として育ったフローラは気疲れするに違《ちが》いない。ドレスだって、そんな毎日違うものを着られるほど持ってはいないはず。なので、裾上《すそあ》げだけでいい一着は、本日の夕食に間に合うよう特急で直してもらう。

ファーストダンスの反省を活《い》かして、フローラちゃんに恥《はじ》をかかせるようなことがないよう、私がフォローします！

拳を握《にぎ》ってお星様に誓《ちか》うエカテリーナであった。

そんなわけで晩餐は、美々しく装《よそお》った友人四人で語り合いながらの、楽しい食事になった。

ユールノヴァ城のシェフにとっては、皇子殿下を迎《むか》えての晩餐は、一世一代の晴れ舞台《ぶたい》だ。一皿一皿に知恵《ちえ》を絞《しぼ》り腕をふるって、美味《おい》しく見た目も美しくこの地らしさを感じさせるものを出してくる。メインの大角牛のソテーをミハイルは気に入ったようで、狩猟《しゅりょう》大会で必ず獲《と》りたいと想《おも》いを新たにしていた。

食材は少し珍《めずら》しくとも、フローラとは逆に、ミハイルにとってはこういう晩餐が日常の食事風景なのだろう。料理人にとって、彼に料理を食べてもらうことは最高の名誉《めいよ》。そういう存在として生きるのは、どういう感覚なのだろう。

如才《じょさい》なく料理を褒《ほ》めるミハイルを、エカテリーナはまじまじと見つめてしまう。そして不思議そうに見返され、微笑《ほほえ》まれて、ちょっと焦《あせ》って目をそらし、フローラに話を振《ふ》った。

「フローラ様、このユールノヴァ城には大きな浴室がございますのよ。のちほど、ゆっくり旅の疲れを癒《いや》してくださいまし。よろしければご一緒《いっしょ》しませんこと？」

前世のヨーロッパは、特に中世近世は、あまり入浴の習慣がなかったらしい。他人に裸《はだか》を見られることに抵抗《ていこう》があって、少し前まで日本に観光に来る欧米《おうべい》人が水着を着て温泉に入ったりして、旅館の人が困ることがあったと聞く。

しかしこの世界、というか皇国は、いろいろ近世ヨーロッパに似ているわりに、入浴は前世の日本並み、あるいは古代ローマ帝国《ていこく》並みに愛されている。友人同士で一緒に入浴するのも、おかしな話ではない。

細かな花模様が織り出された高級な生地《きじ》をシンプルに仕立てた上品なドレス（特急で直したとはとても思えない）がよく似合うフローラは、嬉しそうに微笑んだ。彼女が居心地よく過ごせるようエカテリーナが心を砕《くだ》いていることに、気付いているのだろう。

「はい、エカテリーナ様。ぜひご一緒したいです」

「そのあとは、わたくしの部屋においでになって。二人きりでゆっくり、女の子同士のおしゃべりをいたしましょうね。わたくし、ずっと楽しみにしておりましたの」

女子のお泊《と》まりといえばパジャマパーティーだよね！　前世の学生時代が懐《なつ》かしいけど、今生では初めてだもん。マジで楽しみにしてました。

アレクセイが微笑んだ。

「楽しそうだな、エカテリーナ。フローラ嬢のおかげだ、本当に来てくれてありがたい」

ミハイルは無言。彼がカトラリーを置いて顔を押さえているのに気付いて、エカテリーナは目を見張る。

「ミハイル様、いかがなさいまして？」

「ちょっと不意打ち……いや、なんでもないよ」

と、ミハイルの従僕、糸のように目の細い細身の青年が動いた。すっと水のグラスをミハイルの前に置く。

「ああ、ありがとう、ルカ。アレクセイ、すまないけどこれを冷たくしてくれないかな。なんというか……頭を冷やしたい」

そしてミハイルは、アレクセイが氷の魔力《まりょく》で凍《こお》る直前まで温度を下げた冷水を、一気に飲み干した。

ミハイルとフローラは、ユールノヴァ城の西棟《とう》、迎賓館《げいひんかん》の役割を持つ部分に滞在《たいざい》する。

もちろんそこには広く美しく、サウナなどの機能も充実《じゅうじつ》した立派な浴室があるが、エカテリーナはフローラを自分の部屋に誘《さそ》った。迎賓館の浴室は当然、皇子殿下であるミハイルが優先だ。

「どうせなら、エカテリーナも西棟に来て泊まればいいのに。僕ならしばらく剣《けん》でも振って身体《からだ》をほぐしているから、浴室は先に使えばいいよ」

などとミハイルは言う。数日の旅を終えて到着した当日、しかもいきなりダンスの練習などする羽目になったというのに、さらに鍛錬《たんれん》とはかなりのスタミナではなかろうか。まあ馬車の旅は、身体が強張《こわば》るのは確かなのだけど。

フローラの部屋に一緒にお泊まりでもいいかな、と思わないでもなかったエカテリーナだが、目線でアレクセイにお伺《うかが》いを立てると明らかにNGな視線が返ってきた。確かに、お迎えする公爵《こうしゃく》家の者が、迎賓館にお泊まりするのはいかがなものか。

ということで、ミハイルには丁重《ていちょう》に断りを伝えた。ミハイルを一人（お付きの者も護衛もいるわけだが、そういう話ではない）にしてしまって申し訳ないとは思うものの、同じ公爵邸《てい》内にはいるのだから、そんなに寂《さび》しがる話でもないはずだ。

あと、食後に急に運動すると身体に悪いからやめときなさい。

エカテリーナとアレクセイが暮らしているのは、北棟。公爵一家が居住する区画。

ここの浴室も充分大きくて立派だ。お湯は、浴槽《よくそう》に設置された水の精《ウンディーネ》の彫像《ちょうぞう》が抱《かか》えた壺《つぼ》から流れ出てくる。灯《あか》りは虹石《こうせき》の間接照明のような柔《やわ》らかな光。

「とっても素敵《すてき》ですね。彫像からお湯が流れてくるなんて、すごいです！」

「このユールノヴァ城が建築された頃《ころ》から、浴室の基本的な仕組みは変わっていないと、執事《しつじ》が申しておりましたわ。いくつかある浴室のすべてに、こうした水の精の彫像が設置されているのですって」

発明家ジョヴァンニ・ディ・サンティこと、五代目ヴァシーリー公の伴侶《はんりょ》ジョヴァンナさんが構築した仕組みのひとつですね。彫像はおそらく、何度か取り替《か》えられているのだろうけど。

なお水の精はこの世界では、人魚の姿で描《えが》かれたり下半身が蛇《へび》の姿で描かれたりする場合もあるのだけど、ここの彫像は身の丈《たけ》より長い豊かな髪《かみ》で裸身《らしん》を隠《かく》したグラマラスな美女です。

「少し、エカテリーナ様に似ているみたいです。とてもきれい」

フローラに言われて、エカテリーナは照れながらも、悪役令嬢《れいじょう》のけしからんスタイルがね……とちょっと遠い目になった。


石造りの大きな浴槽に一緒に浸《つ》かり、サウナや冷水浴も一緒に試してすっかり長風呂《ながぶろ》してしまった二人は、ほこほこと湯気が出そうなほど温まってエカテリーナの部屋に入った。夏とはいえ、北方であるユールノヴァの夜の涼《すず》しさがありがたい。

ミナが持ってきてくれた甘酸《あまず》っぱい葡萄《ぶどう》のジュースを飲んで、はしたなくも大きなベッドにぽふんと飛び込み、フローラを手招きして一緒にごろごろ。

　うん、パジャマパーティーっぽくなってまいりました。

「あらためて、遠いユールノヴァまでお出《い》でくださってありがとう存じますわ、フローラ様。長旅でさぞお疲れになったことでしょう」

「いいえエカテリーナ様、お礼を言うのは私の方です。私、皇都の外まで旅をしたのなんて、生まれて初めてですから」

　前世と違ってこの世界、一般《いっぱん》庶民はほとんど旅などできないのだろう。そういえば江戸時代には、お伊勢参《いせまい》りに行くためにご町内とかで数年がかりでお金を貯《た》めて、それでも数名分の旅費にしかならないから代表だけがお参りに行くものだった、なんて話を読んだことがあった。

「もしどこかへ旅をすることがあったとしても、あんなすごい船でセルノー河を遡《さかのぼ》るなんて、とてもできません。何もかも珍しくて、楽しくて。それに、旅の終わりにはエカテリーナ様にお会いできると思ったら、ずっとわくわくして仕方がありませんでした」

　うふふ、とフローラは微笑む。

「男爵様も奥様も、ユールノヴァにお招きいただいたことを話したら、とても喜んでくださったんですよ。セルゲイ様のお孫さんは、お祖父《じい》様と同じように親切な方なのね、って。お二人とも、セルゲイ公のことを、とても素晴《すば》らしい方だったたっておっしゃっていました」

「まあ……なんて嬉《うれ》しいお言葉でしょう」

そうだった、フローラちゃんのお母さんが亡《な》くなった後に引き取ってくれたチェルニー男爵夫妻は、魔法学園でセルゲイお祖父様の友人だった方たち。恋人《こいびと》同士だった二人が仲を裂《さ》かれそうになった時、セルゲイお祖父様を首謀者《しゅぼうしゃ》とした学生一同が二人をかけおちさせたんだった。

「いつか、お二方とお会いしとうございますわ。祖父のこと、お聞きしてみたい」

「ぜひ、いらしてください。お二人もさぞ喜ぶと思います。公爵家のお邸《やしき》と違《ちが》って小さなお家ですから、エカテリーナ様はびっくりされるかもしれませんけど……でも、お庭がとても素敵なんです。男爵様は土属性の魔力をお持ちで、植物を操《あやつ》るのがお上手なんですよ。奥様の魔力は火属性ですけど、お料理に活《い》かしていらっしゃいます」

「ふふ、素敵。実用的に活用していらっしゃいますのね」

魔力で料理の火加減って、聞いたら怒《おこ》りだす人がいそう。皇国では魔力は貴族の権威《けんい》そのものだから、もったいぶった使い方をしなきゃ駄目《だめ》！　って言う人はけっこういるらしい。

そういう人ほど強い魔力は持っていなくて、本当に強い魔力を持っている皇子やお兄様は、飲み物を冷やすとかに気軽に使うんだけどね。私も畑を耕したしな。魔力だろうがなんだろうが、使えるもんは使ってなんぼ。

あー、和《なご》むわこの会話。

でも、女子会ならば話題の鉄板はこっちだよね！

恋バナ！

「フローラ様、旅の間に、ミハイル様とは親しくなられまして？」

「ミハイル様……ですか」

真面目《まじめ》な表情で、フローラは少し考える。

それだけで、エカテリーナは内心でつんのめっている。

な……なんか恋バナの反応じゃ、ない？　ような？

「あの方はとても気さくなお方ですから、いろいろお話しさせていただきました。話を聞き出すのが上手《うま》くて油断なりませんでしたけど」

「え？」

「あ、いえ。つい気安くお話ししてしまいそうになって、気を付けないといけませんでした」

「ああ、そうですのね。解《わか》りますわ。わたくしもたびたび、あまりに良い方で緊張《きんちょう》が解けてしまう気がして、困ってしまいますの」

おかげで破滅《はめつ》フラグ対策がグダグダのヨレヨレですよ……。

いや自分のことは置いといて。

「その、フローラ様は……」

「はい」

フローラはにっこり笑うが、エカテリーナは後が続かない。

恋バナ……って、今生では生まれて初めて。

そして思えば、前世でも不得意分野だったよそういえば！

わーん、話の持っていき方がわかんないよ～。

と、そんなエカテリーナをじっと見つめて、フローラの方から口を開いた。

「エカテリーナ様は、ミハイル様のことをどうお思いですか？」

あ、こっち？

……って、アレ？　なんて答えよう。

「ええ、その……よき学友、と思っておりますわ」

「そうなんですね。では、他《ほか》に……その、どなたか気になる方は、いらっしゃるのでしょうか」

フローラちゃんナイストス！

「いえ、わたくしは別に。それより、フローラ様はいかが？」

「私も同じです」

返したトスは、受け止められた。

……。

あれ？　終了《しゅうりょう》!?

はずまない、話が！　あまりにも！

ていうか、どゆこと？　フローラちゃん、皇子のこと好きになってないの？

フローラちゃんは乙女《おとめ》ゲームのヒロインで、ゲームは進行している。最初は身分違いだからあり得ないと思っていただろうけど、そろそろ好感度やら親密度やらは上がってきているはず。皇子を攻略《こうりゃく》している最中なのに、本人が攻略というか恋愛《れんあい》の対象として認識《にんしき》してない、なんてことある？

いや……待てよ。ここはゲームの世界だけれども。いやあのゲームは、この世界の神様が前世のゲームクリエイターにネタをぶっこんで作らせたゲームっていう疑惑《ぎわく》があるから、ゲームの元ネタ世界？　元ネタといっても、皇都の魔法《まほう》学園に突如《とつじょ》として魔獣《まじゅう》が出現したことからみて、あのゲームの通りにこの世界が進んでいくのは間違いないけど。

ともあれ確実に、フローラちゃんは自分が乙女ゲームのヒロインだなんて、夢にも思っていない。だから、攻略を自覚的にするわけじゃない。

実際には、日々の中で出会ったり話したりただすれ違ったりしながら、相手の中に感情を蓄《ちく》積《せき》させていっているだけなんだろう。

だったら、ゲームの流れの中にいるのにフローラちゃんには自覚がない、という事態もおかしいわけじゃない、のかな？

ゲーム……アイコンをタップすると魔法学園の正門の絵。正門が開いて、入学式とゲームの設定説明画面へ、そのあと攻略対象の一覧画面へ――。

ここで、はた、とエカテリーナは気付いた。

それはもう、Jリーグでゴールが決まった時に、ゴール裏で巨大《きょだい》な旗が十本くらいばばばっ！　と立つ勢いの気付きだった。

攻略対象って皇子だけやないやん!!

あああ……前世でゲームをプレイした時、ひたすら皇子ルートだけやってたから。最初は何も考えずに王道らしい皇子を選んで攻略して、そしてお兄様にハマって、お兄様が攻略できないか調べて、攻略できないしお兄様が出てくるのがほぼ皇子ルートのみだとわかったから、悪役令嬢《れいじょう》の横でちょこっと出てくるお兄様を見るためだけにプレイしてたもんだから……。最後は手が勝手に動くレベルで皇子ルートを進んで、他の攻略対象者が存在していることすら意識から消えてたんだわ……。

で、でもフローラちゃんは、他の攻略対象とは接点がないはず！

いや……他の攻略対象、ロクに覚えてないんだから。実はクラスにおりました、という可能性もなくはない……。えっと、うすらぼんやり記憶《きおく》があるのは、クルイモフ兄妹《きょうだい》の兄ニコライさんだけ。そうだ、髪《かみ》の色が全員違っていて、戦隊ものかよとか思った記憶が……皇子が青、ニコライさんが赤。あとは……あかん、記憶がない。そうそう、一覧にはいなかったけど、隠《かく》し攻略対象の魔竜王《まりゅうおう》様は黒だね。

はっ！　もしや知らないうちになんらかの条件を満たして、魔竜王ルートに入っている可能性も!?

「エカテリーナ様？」

けげんそうにフローラに呼ばれて、エカテリーナは我《われ》に返った。

「ま、まあ、失礼いたしましたわ。ぼんやりなどしてしまって」

「お疲《つか》れなのでは？　私、心配していたんです。真面目でお兄様思いのエカテリーナ様ですから、領地で閣下をお支えするために、無理をなさっていないかと」

大きな紫色《むらさきいろ》の目で見つめられて、エカテリーナはほろりとする。ええ子や。

「フローラ様はいつもお優《やさ》しくていらっしゃいますのね。わたくし、無理などしておりませんわ。お兄様が気遣《きづか》ってくださいますもの」

ちょっと代参でいろいろあったけど、別に無理はしなかったよ。うん。

フローラはふふっと笑う。まるで、すべて見通しているかのように。

「エカテリーナ様は、本当に閣下のことがお好きなんですね」

「もちろんですわ！　わたくしはお兄様が大好きですの、お兄様のためならなんでもできます！」

無駄《むだ》に勢いよく力説するエカテリーナ。ここで力説する必要はゼロなのだが。

「公爵《こうしゃく》閣下も、本当にエカテリーナ様を大切に思っていらっしゃいますね。お二人ほど仲良しなご兄妹はいないって思います」

「嬉《うれ》しいお言葉ですわ」

それはもう、お兄様のシスコンは世界最高峰《さいこうほう》だし、私のブラコンも負けませんから！

自慢《じまん》していいことか、よくわからないけれども！

「でも、だから心配になってしまうんです。魔法学園に通う令嬢のほとんどは、学園卒業後にすぐ結婚《けっこん》されると聞いたので。位の高いお家の方であるほど、卒業直後に式を挙げられるとか。エカテリーナ様は、将来のことをどうお考えでしょうか」

「将来……」

エカテリーナは目を見張る。

フローラは、ただただ心配そうにエカテリーナを見つめている。

こんなに自分を案じてくれる友達を持って幸せだなあ、とほこほこするエカテリーナであった。

「フローラ様のおっしゃる将来とは、わたくしの婚姻《こんいん》ということですのね。お兄様から離《はな》れて、どなたかに嫁《とつ》ぐのかということ」

「はい、そうです」

そのことなら、ちょいちょい考えてきた。と言っても、考えるほどのこともないのだけど。

「それは、当主たるお兄様がお決めになることですわ。わたくしはただ、従うのみです」

「エカテリーナ様は……それで、よろしいんですか」

「もちろんですわ。身分に伴《ともな》う責務であり、お家のためお兄様のため、役立つ方法なのですもの」

微笑《ほほえ》んだエカテリーナは、しかしすぐ目を伏《ふ》せた。

「……それにわたくし、恋愛というものに、あまり夢を抱《いだ》くことができませんの。フローラ様は覚えておいでかしら、わたくしの母についてお話ししたことを」

「もちろんです」

短く強く、フローラは答える。まだ出会って間もない頃《ころ》、身分の違《ちが》いを考えエカテリーナとの付き合いを控《ひか》えようとしたフローラに、エカテリーナは自分の生《お》い立ちを話した。祖母アレクサンドラの嫁《よめ》いびりで母と共に幽閉《ゆうへい》されたこと、母の死。

「母は、それは深く、父に恋《こい》しておりましたわ。最期《さいご》まで……」

それ以上は言わず、ちいさなため息をつく。

「乙女であれば誰《だれ》しも、素敵《すてき》な殿方《とのがた》との恋に憧《あこが》れるようですわね。でもわたくし、恋を夢見る気持ちにはなれませんの。その先に幸せがあると、信じることはできませんもの。将来について望むことがあるとすれば、お兄様のお側《そば》にとどまって、お兄様をお助けしたいということだけですのよ」

令嬢エカテリーナの、偽《いつわ》らざる本心だよね。

そして前世の記憶でも、恋愛にロクな思い出がないからなあ……。

私を好きだって言ってくれた人は、すぐに私が傷つくような態度を取るようになって、最後には刃物《はもの》を突《つ》きつけてくるんですよ。ほんと、怖《こわ》いよ。恋愛なんて、怖い。

「ひとつだけ、お兄様にお願いしておりますの。お母様を虐《しいた》げたお祖母様《ばあ》が育った皇室には、入りたくないと。そんなわがままを申し上げた以上、他《ほか》には何も言わず、お兄様が選んでくださった方に嫁ぐつもりでおりますわ」

ババアが育ったところだからというのは言い訳で、破滅《はめつ》フラグ対策ですけどね。

すっかりグダグダのヨレヨレな対策だけど、これさえ死守していれば、なんとかなる。たぶん。

それに前世と違って、おひとりさまで生きるわけにはいかない今生だから。むしろ恋愛抜《ぬ》きで、第三者が条件で決めてくれた相手と結婚するほうが、安心かもしれない。

だから、むしろ政略結婚歓迎《かんげい》。相手が気の合う人だったらいいなあ、と思うけど、お兄様とユールノヴァ家の役に立つ結婚なら、多少の難があってもいいや。まあ時間をかけて関係を築いて、先々それなりにいい夫婦《ふうふ》になれれば、それも悪くはないような気がする。

……なんか枯《か》れてるけど、中身アラサー入ってますんで。十代の少年少女のように、恋愛にキラキラフィルターがかかったりはしませんわ。絶世の美形な魔竜王様からプロポーズされた時も、ひたすらパニクってるだけで、ときめきとか何それ美味《おい》しい？　状態だったくらいだもん。我ながら手遅《ておく》れというか。

「エカテリーナ様のお考え、よくわかりました」

真面目《まじめ》な表情で、フローラはうなずいた。

「お祖母様のことで皇室がお嫌《いや》なだけで、結婚は決まれば受け入れるけれど、できれば閣下を支えていたい。そういうことですね」

「ええ、まさにその通りですわ」

エカテリーナが同意すると、フローラはにっこり笑う。

「きっと閣下も、エカテリーナ様にずっとずっと側にいてほしいと思っておいでです」

「まあ、嬉しいお言葉ですわ！」

お兄様シスコンだから、きっとそう思ってくれてると思うけど。第三者にそう言ってもらえるのは嬉しい。

「わたくしのことばかりお話ししてしまいましたわ。フローラ様は、将来のことをどうお考えですの？」

「はい……実は」

ぽっ、とフローラは赤くなる。

「公爵閣下にはご相談したことがあるんですが……ユールノヴァ公爵家で働かせていただけないかと」

「えっ」

「聖属性の魔力でお役に立てるのでは、と思ったんです。でもできれば、エカテリーナ様のお側にいて、お仕えしたいと思っています」

思いがけない言葉に、エカテリーナは目を見張った。

「それは……わたくしの侍女《じじょ》になってくださる、ということですの？」

「そうなれたら一番嬉しいです」

エカテリーナの側仕えは、現在はメイドのミナ一人。だがこれは、学園で寮生活《りょうせいかつ》をしている時期であり、公爵邸《てい》でもミナ以外の側仕えを置くのをエカテリーナが断ったからで、三大公爵家の令嬢《れいじょう》としてはかなり特殊《とくしゅ》な状況《じょうきょう》だ。本来であれば貴族女性の侍女が二、三名は付き従い、メイドへの指示は侍女がおこなって、公爵令嬢がメイドと直接会話することはない、らしい。

なお、侍女は掃除《そうじ》などの肉体労働をすることはなく、主人の話し相手、主人の意向を汲《く》んで下級の使用人に指示を出す、あとは社交界の情報収集などが役目となる。使用人といっても、貴族なのだ。

生まれは庶民《しょみん》であっても、今のフローラは男爵令嬢。エカテリーナの侍女を務める資格はある。

「ですけれど、フローラ様は聖女でいらっしゃいます。きっと皇室からもお声がかかりますわ。それに、フローラ様こそ素敵な殿方と巡《めぐ》り合って、恋をして、幸せになっていただきたい……フローラ様は、誰より素敵なご令嬢なのですもの」

乙女《おとめ》ゲームのヒロインなんだから……っていう先入観はさておいても、フローラちゃんのポテンシャルはすごい。

あなたはなんでもできるし、なんにでもなれるよ。そして、前世でたくさんのユーザーが夢中になったような恋愛ができる道が、あなたの人生にはいくつもあるんだよ。

私はもう、恋愛で幸せになるって考えがハナから持てないけど、普通《ふつう》は好いて好かれて幸せになれるものなんだから。好きな人と出会って、いや多分もう出会ってるから気付いて？　幸せな人生を歩んでほしい。

けれど、フローラはにっこり笑った。

「私は、エカテリーナ様と巡り合うことができました。とっても素敵な出会いだったと思っています。ですから、ずっとお側にいたいんです」

「まあ……」

美少女のにっこりが尊い！

そして素敵な出会いって言ってもらいましたよ、これは嬉《うれ》しい！

「なんて嬉しいお言葉でしょう。わたくしもフローラ様と出会えて幸せでしてよ」

そういえば、攻略《こうりゃく》がうまくいかなかった場合、お友達で終わるエンドとかになるんだった。

前世でゲームした時は、悪役兄妹《きょうだい》が断罪されてお兄様の出番が終わったらリセットしてたから、忘れてたけど。

卒業して、フローラちゃんが侍女になってくれたら……あ、すごくいいかも！

気心の知れたフローラちゃんとミナと一緒《いっしょ》に、お兄様の過労死フラグを折るべく領政をお手伝いできたら。ポテンシャルの高いフローラちゃんだもの、きっとすごく力になってくれる。フローラちゃんにも、安定収入とホワイト環境《かんきょう》が保証できるし、就職後もいい出会いがあり得るはず。

よし！　決めた！

フローラちゃんが誰かを好きになったら、応援《おうえん》する。ゲームの流れは皇子ルートしか知らないから、できれば皇子にいってほしいけど、他ルートでもできるだけ力になろう。相手の身分がフローラちゃんと釣《つ》り合わないほど高くても、ユールノヴァ家が後ろ盾《だて》になれば、周囲にとやかく言わせない。皇太子妃《ひ》だってどんと来いだ。

でも攻略がうまくいかずに友情エンドになったら……ぜひ侍女になってもらおう！

「わたくし、やはりフローラ様には幸せを見つけていただきたく存じますわ。ですけれど、わたくしは学園を卒業しましたら、お兄様をお助けしてこのユールノヴァの統治をお手伝いしたいと思っておりますの。フローラ様に手を貸していただければ、百人力ですわ。卒業する時点で同じお気持ちでしたら、どうかわたくしの侍女になってくださいまし」

「ありがとうございます、エカテリーナ様。私、頑張《がんば》ります！」

二人は、しっかりと手を取り合った。

エカテリーナとフローラはその後もいろいろ話し込み、結局フローラはそのままエカテリーナの部屋で一緒に眠《ねむ》った。

同級生が泊《と》まりがけで遊びに来たらこうなるのが当然、というのがエカテリーナの、というより前世アラサー日本人の感覚だが、この世界の貴族としてはどうあるべきなのかよくわからない。とりあえず目覚めたフローラが嬉しそうだったので、問題なし。

そして毎朝のことではあるが、エカテリーナが目覚めるとすぐミナが現れて、カーテンを開けてくれた。今朝はミナと一緒に、西棟《とう》の迎賓館《げいひんかん》でフローラの世話をするはずだったメイドが現れて、もともとこういう予定であったかのような顔で着替《きが》えを差し出したり、髪《かみ》を梳《す》いたりし始める。

先日メイド頭《がしら》のアンナが解雇《かいこ》された後、メイドたちの規律がちょっと乱れた時期があったようだが、家政婦ライーサの統制ですぐに持ち直したらしい。

「フローラ様、朝食はこのお部屋でおとりになるかしら、それとも食堂で？」

「どちらでも……エカテリーナ様がいつもなさっている通りにしたいです」

フローラはにっこり笑う。兄と会いたいがために毎朝食堂で朝食をとっていることを、フローラはお見通しなのかもしれない。という気がしつつ、エカテリーナはフローラと連れ立って食堂へ向かった。

そこでアレクセイと、ミハイルに遭遇《そうぐう》したのだった。

「ごきげんよろしゅう、ミハイル様、お兄様。良い朝ですこと」

にこやかに挨拶《あいさつ》しつつ、なんで君がここにいるんだ、と視線で問うエカテリーナ。

ミハイルは爽《さわ》やかな笑顔《えがお》を返してきた。

「おはよう、エカテリーナ、フローラ」

「一緒に朝の鍛錬《たんれん》をしたいとのお申し出があって、そのまま食事もご一緒することになったんだよ」

アレクセイが補足する。ごくごく微量《びりょう》に、不本意そうな気配がなくもない。

「まあ……昨日もあれから剣《けん》を振《ふ》るうと仰《おお》せでしたのに、今朝も鍛錬を？」

「昨夜は、食後にあまり激しい運動は良くない、と止められたものだから。その埋《う》め合わせを今朝しただけだよ。それに、精強で名高いユールノヴァ騎士《きし》団の鍛錬に加わることは、皇国騎士団のいい刺激《しげき》になると思ってね」

うむうむ。この世界でも、食後の激しい運動は控《ひか》えるべきであることは知られているのだね。

そして皇子、真面目《まじめ》だなあ。いずれ皇帝《こうてい》の位に即《つ》く身だもの、皇子の心身の健康は皇国の重要事項《じこう》。それをわきまえて、しっかり鍛《きた》えているんだろう。

さらに、護衛として従えてきた六騎の皇国騎士団、あの騎士たちの練度を上げることまで考えているって。すでに視点が上司っていうか、上に立つ者の考え方が身についているんだ。

長旅を終えた翌日にこれだけ元気なのって、若いなあ男の子だなあって思うけど、前世の同じ年頃《としごろ》の男子と比べるとすごい違《ちが》いを感じる。偉《えら》いなあ、と感心するよ。

でもまあ。

ちら、とミハイルの隣《となり》にいるアレクセイに目をやって、エカテリーナは微笑《ほほえ》んだ。

お兄様はもはや前世の男子と比べる気にもならないレベルで、できる男だけどね！

「無理はなさらないでくださいましね。今宵《こよい》はミハイル様とフローラ様、お二方の歓迎《かんげい》の宴《うたげ》なのですもの」

弟を諭《さと》すような口調でエカテリーナが言うと、ミハイルは苦笑《くしょう》して、大丈夫《だいじょうぶ》だよと言った。

そう、今日は歓迎の宴が開かれる日。

先日実施《じっし》された祝宴《しゅくえん》より規模は小さいが、より豪華《ごうか》に、かつ洗練された宴にしなければならない。三大公爵《こうしゃく》家の一角たるユールノヴァが、皇子ミハイルを歓待《かんたい》するにふさわしく。そんな気概《きがい》が、ユールノヴァ城に満ちているようだ。

あわただしく使用人たちが行き交《か》い、シェフたちは朝から下ごしらえに余念がない。秘蔵のワインやブランデーなどが貯蔵庫から運び出され、銀器やグラスが磨《みが》き上げられる。

そんな中、メイドの一団が、女主人エカテリーナの部屋に詰《つ》め切りになっていた。

彼女たちの仕事はおもてなしの最重要任務ともいえる、お客様フローラの衣装《いしょう》や髪型の最終調整、そしてエステというか美容系のケアである。手入れなどしなくてもフローラは美少女だが、せっかくなので楽しんでもらおうとエカテリーナが手配した。

そして自分も巻き込まれた。

当たり前である。


夕刻となり、ユールノヴァ公爵の正装に威儀《いぎ》を正したアレクセイと、皇子らしく華麗《かれい》に装《よそお》ったミハイルが、エカテリーナの部屋を訪《おとず》れた。

「お支度《したく》ならお済みです。どうぞ」

メイドのミナが二人を部屋へ迎《むか》え入れ、脇《わき》に控える。

エカテリーナとフローラは、二人並んで微笑んでいた。

「ミハイル様、お兄様。お迎えありがとう存じますわ」

ミハイルが、ほうっと息を吐《は》いた。

エカテリーナとフローラの衣装は、エンパイア風。胸のすぐ下に切り替《か》えがくる、古代の女《め》神《がみ》像を思わせる優美なデザインだ。それに、丈《たけ》の短い半袖《はんそで》のボレロを合わせている。

ただし色彩《しきさい》は対照的で、今回のエカテリーナは黒が基調。トレードマークの『天上の青』は胸元《むなもと》に配し、スカートとボレロは黒である。

黒いボレロには金糸で薔薇《ばら》の刺繡《ししゅう》がほどこされ、豪奢《ごうしゃ》な印象となっている。細身のスカートはその上にもう一枚、極薄《ごくうす》の透《す》けるレースのスカートを重ねた、前世でレースチュールスカートと呼ばれていたものに似たデザインだ。透けるレースは夏の夜宴にふさわしく爽やか、それでいて黒いレースには色香《いろか》もほのめく。

胸下の切り替え部分には金細工の薔薇が縫《ぬ》い付けられていた。薔薇からは極細の金の鎖《くさり》で、小さな鈴《すず》と小さな金の葉が下がっており、動きにつれて揺《ゆ》れ、しゃらしゃらと音を立てるだろう。こちらも爽やか、それでいて豪華。

だがそのドレスで最も特徴《とくちょう》的なのは、ボレロの半袖に縫い付けられた長いリボンである。小さな蝶結《ちょうむす》びから長く垂れる細いリボンは、軽《かろ》やかでつややかなサテン生地《きじ》。先端《せんたん》にやはり金糸で薔薇が刺繡されていて、エカテリーナの膝《ひざ》あたりにまで届く長さがあった。エカテリーナが前世で見た新体操のリボン競技を思い出したほど、このリボンは彼女の動きにつれてひらひらとなびく。そこがまた、人目を惹《ひ》きつけるのだった。

結《ゆ》い上げた藍色《あいいろ》の髪には、きらめく金細工の薔薇が飾《かざ》られている。レフの青薔薇の髪飾りと比べると、本物かと見紛《みまが》うほどのリアルさとは言い難《がた》いが、それがむしろ公爵家の家格にふさわしい絢爛豪華《けんらんごうか》さだ。

いつもより大きく開いた胸元を飾るネックレスも、サファイアの花芯《かしん》を配した金細工の薔薇。親指ほどの小さな薔薇を極細の金鎖でいくつも繋《つな》いで連ねた、レース編みを思わせるほど繊細《せんさい》にして華麗な、職人技《わざ》が光る逸品《いっぴん》であった。

今宵のエカテリーナは、黒と黄金の豪奢な美女だ。

フローラの衣装は白が基調。しかし、ボレロと胸元が七色のきらめきを放っている。それは、遠い海からはるばる運ばれてきた光蝶貝《こうちょうがい》の真珠母《しんじゅぼ》がちりばめられているゆえだ。光蝶貝は淡《あわ》い光を放つ真珠を育《はぐく》む貝で、この衣装も、暗いところでは淡い光を帯びて見えるのだ。

白い細身のスカートに極薄のレーススカートを重ねているところは、エカテリーナと同じ。切り替え部分にはローズクォーツの飾りをつけて、フローラの髪色と合わせている。レースチュールのところどころに、蝶結びにした桜色の細いリボンをつけているのが愛らしい。

ボレロの半袖に付いているリボンは、衣装と同じ白。エカテリーナと同じく長く軽やかなサテン生地。

編み込みにした桜色の髪には、香《かお》り高いガーデニア――八重咲《やえざ》きのクチナシ――の生花が飾られている。

胸元には、大きな月長石から彫《ほ》り出したガーデニアのネックレス。宝石を彫ったものとは信じられないほど真に迫《せま》った細工で、フローラにふさわしく清楚《せいそ》で神秘的。

花《フローラ》の女神の名前の通り、かぐわしいばかりの美しさだった。

「エカテリーナ」

アレクセイが妹に歩み寄った。

「今宵もお前は美しい」

うやうやしく手を取って、指先に口付ける。

「私の青薔薇が、黄金の薔薇に変じたか。黄金など人間の欲望の象徴のようで好きにはなれなかったが、少し見直した。お前の輝《かがや》かしさを称《たた》える役には立つようだ」

「お兄様ったら」

お兄様のシスコンフィルターは今日も有能ですね！

「嬉《うれ》しゅうございますわ。でも、まずお客様にお言葉をおかけになるのがマナーでしてよ。フローラ様は、とても素敵《すてき》ではありませんこと？」

「すまない、私としたことが。愛《いと》しいお前のあまりの美しさに、この世のすべてを忘れてしまったようだ」

美辞麗句スキルも絶好調です。

アレクセイはフローラに向き直り、微笑んだ。

「失礼した、フローラ嬢《じょう》。実に美しい、春の女神のようだ。冬の厳しいユールノヴァでは、春はことのほか尊ばれる。貴女《あなた》はユールノヴァの人々を夢中にさせるだろう」

「恐《おそ》れ入ります」

恥《は》ずかしそうに、フローラはお辞儀をする。

「エカテリーナ様が良くしてくださったおかげです。素敵な服やアクセサリーまで、本当にありがとうございます」

「とてもお似合いですもの、ドレスもネックレスも、フローラ様に身につけていただけて喜んでいるに違いありませんわ」

うふふと微笑んで、エカテリーナはミハイルに視線を移した。

いつも如才《じょさい》のない君が、なんか無言が長くないか？

「……二人とも、とても素敵だ」

「恐れ入りますわ」

うん、今回も高校生男子として合格な、まともな褒《ほ》め言葉だよ。

内心でうんうんとうなずいているエカテリーナだが、ミハイルに付き従う糸目の従僕ルカがつんつんとミハイルの肘《ひじ》をつつき、ミハイルが力なく呟《つぶや》くのが聞き取れた。

「あんなの真似《まね》しても火傷《やけど》するだけだ……」

あ、お兄様の真似をしたかったのか。

いずれは君も、皇帝《こうてい》陛下みたいに美辞麗句スキルを磨かないといけないんだろうけど。まだしばらく、そのままでいてほしいよ。

ミハイル皇子歓迎《かんげい》の宴《うたげ》は、先日の祝宴《しゅくえん》と同じく、ユールノヴァ城の大広間で開催《かいさい》される。先日の祝宴では他《ほか》の広間も開放していたが、今回は大広間のみが会場となっていた。招待客のほとんどは祝宴にも参加した人々だが、それだけに大広間に足を踏《ふ》み入れて、趣向《しゅこう》の違《ちが》いに驚《おどろ》く姿が多く見受けられる。

皇子の紋章《もんしょう》にある青蝶にちなみ、飾られた薔薇の花々に、燭台《しょくだい》に、細工物の青い蝶がとまって翅《はね》を休めている。料理の盛り付けにも、薔薇と蝶のモチーフがさまざまな形で取り入れられている。飲み物の中にごく小さな蝶の形のゼリーが沈《しず》んでいて、飲み干すと現れる。これには気付いた人々が驚き喜んで、それを聞きつけた人が給仕《きゅうじ》に飲み物を求める声が相次いだ。

そうした装飾《そうしょく》の最たるものが、大階段の近くに青く光る虹石《こうせき》で描《えが》かれた、皇子の紋章とユールノヴァ公爵《こうしゃく》家の紋章であった。その辺りの灯《あか》りはわざと少し暗くしてあるため、幻想《げんそう》的な青い光の紋章が浮《う》かび上がって見えるのだ。

そんな趣向を楽しみながら、人々は皇子の登場を心待ちにしている。

大広間の一角で楽器を抱《かか》えて待機していた楽師たちが、合図を受けて楽器を構えた。流れ始めた音楽は、主賓《しゅひん》の登場を告げるもの。人々は息を呑《の》んで、大階段に注目する。

皇子ミハイルの姿を目にしたことがある者はここにはほとんどいないが、皇国の臣民として、皇室御《ご》一家《いっか》の絵姿は誰《だれ》もが見たことがある。そこに描かれている皇子は、父帝コンスタンティンによく似た秀麗《しゅうれい》な容姿、夏空色の髪《かみ》と瞳《ひとみ》を持つ若者だ。

待ち望んだその姿が、階上に現れた瞬間《しゅんかん》。

大広間は大きな歓声と、万雷《ばんらい》の拍手《はくしゅ》に包まれた。

うわあ、さすがはロイヤルプリンス。祝宴より参加人数が少ないのに、反応が大きい！

アレクセイのエスコートでミハイルの後ろに従うエカテリーナは、すっかり感心している。

何に感心しているかといえば、その反応にも全くたじろぐ様子のない、ミハイルの落ち着きぶりにだ。

人間は、背中のほうが嘘《うそ》をつけないと思う。表情は取り繕《つくろ》うことができても、自分で見ることができない背中には、自信のなさや脅《おび》えが見て取れてしまうものだ。

前世で合唱部だった高校時代、発表会で独唱を任された男子が前へ出た時、その背中が普段《ふだん》の自信家な雰囲気《ふんいき》とはうってかわってガチガチに硬《かた》く小さく見えた姿に、思ったことだったりするが。

ともあれ、前を歩くミハイルの背中は、あくまで自然体だ。むしろ、いつもより大きく見えるほど。

学園でミハイルを見ていて、トップになることを宿命付けられた生まれゆえに、いつも一歩引いているのではないかと思うことがあった。

歓迎の宴の招待客数は、祝宴よりもかなり絞《しぼ》り込んでいるとはいえ、三桁《けた》に届く。その人数を眼下に見下ろして、ミハイルの背中がいつもより大きいなら。

あの直感は、きっと正しかったのだろう。

ミハイルはフローラをエスコートしている。白を基調に襟《えり》と袖《そで》に青を配し、金モールの華麗《かれい》な装飾をふんだんにあしらった衣装《いしょう》の彼は、豪華《ごうか》でありつつ若々しく爽《さわ》やかだ。春の女神《めがみ》のようなフローラと並ぶと、さながら夏を司《つかさど》る男神《だんしん》のよう。

その二人に続く、黒を基調にした衣装のアレクセイとエカテリーナは、冬の王と夜の女王か。

次期皇帝たる皇子ミハイルを我が目で見られて感激している招待客たちだが、華麗なるプリンスに引けをとらない公爵兄妹《きょうだい》の美しさに、郷土の誇《ほこ》りをかきたてられていた。

大階段の踊《おど》り場で、ミハイルは足を止めた。アレクセイがその隣《となり》に並ぶ。

アレクセイがすっと片手を上げると、大広間にはしんと沈黙《ちんもく》が落ちた。

「皆《みな》、今日はミハイル皇子殿下《でんか》並びにご友人フローラ嬢歓迎の宴に、よく集まってくれた。これより殿下のお言葉を賜《たまわ》る。しかと傾聴《けいちょう》するように」

簡潔に言って、アレクセイはミハイルに会釈《えしゃく》する。

大広間の人々は一人残らず、熱意の籠《こ》もった眼差《まなざ》しでミハイルを見つめている。

その人々を見渡《みわた》して、ミハイルは穏《おだ》やかに微笑《ほほえ》んだ。

「ユールノヴァの諸君、素晴《すば》らしい歓迎をありがとう」

アレクセイのバリトンに対して、ミハイルの声は甘いテノール。その違いはあれど、よく通る美声だ。王子様然とした外見にふさわしい声音《こわね》に、女性たちがうっとりしている。

「この地を訪《おとず》れて、森と山々の美しさ、人々の勤勉で誠実な気質、そして我が友アレクセイ公爵と皇室への高い忠誠心に、大いに感銘《かんめい》を受けた。これからの滞在《たいざい》、そして今日の宴は、僕の記憶《きおく》に刻まれる素晴らしい時間になるだろう。皆と共に過ごすことのできるこの機会を得て、嬉しく思っている。皆もぜひ、楽しんでほしい」

そう言葉を結んで、ミハイルが笑いかけると、わあっと人々が歓声を挙げた。

「ミハイル皇子殿下、万歳！」

そんなミハイルの後ろで、エカテリーナはにこやかに微笑んでいる。

うむ、さすがだよ皇子。

簡潔でそつのないザ・社交辞令。君らしい！　さすが生まれながらのロイヤルプリンス、踏んだ場数が違うね。お姉さんは感心したよ。

ミハイルが知ったら喜ぶかどうか謎《なぞ》な内心の声はさておき、四人は大階段を下りて、大広間の中央へ進み出た。

戸惑《とまど》ったようなざわめきが、人々の間に広がる。今回のファーストダンスが異例の形となることは、耳の早い一部の招待客や、ノヴァクまたは夫人のアデリーナに近い人々にしか、知られていない。

音楽が流れ始めた。

アレクセイとミハイルが、微笑んで女性たちへ一礼した。

きゃあっと黄色い声が上がったが、それを圧して会場がどよめく。皇子殿下歓迎の宴という公式の催《もよお》しで、来賓及《およ》び公爵兄妹が、ファーストダンスでユールノヴァ伝統のダンスを踊ろうとしていることに、人々が気付いたのだ。

長らく皇都風ばかりがもてはやされてきた北都で、郷土の伝統が脚光《きゃっこう》を浴びようとしている。

見目麗《みめうるわ》しい貴公子たちが差し伸《の》べる手から、つんと顔をそむけて、エカテリーナとフローラは互《たが》いに手を取り合い、笑顔《えがお》で踊り出した。

豪奢《ごうしゃ》な黒と黄金の衣装をまとった夜の女王が、優雅《ゆうが》に微笑んで手を差し伸べる。花と七色のきらめきに飾《かざ》られた白いドレスの春の女神が、輝《かがや》くような笑顔でその手を取る。

腕《うで》を組んで、二人は音楽に合わせてくるりくるりと回った。白黒のボレロの肩《かた》から伸びるリボンが、ひらひらと二人を追う。そして離《はな》れると、二人同時にターンした。ソシアルダンスのターンステップの応用で、二人で相談して入れたアレンジだ。リボンが少女たちを取り巻いて弧《こ》を描《えが》き、ドレスの細身のスカートに重ねた透《す》けるレースのスカートが、花のように広がる。

黒と白、藍色《あいいろ》と桜色。対照的な色彩《しきさい》の二人の美少女が繰《く》り広げるあでやかな光景に、人々は感嘆《かんたん》の声を上げた。

一方のアレクセイとミハイルは、互いに向き合って構えを取る。

黒を基調とした衣装、威厳《いげん》あふれる冬の王のごときアレクセイ。

白、青、金の華麗な衣装、夏の神のような若々しいミハイル。

練習の時と同様に二人の口元に笑みが浮かぶと、それだけで女性たちから悲鳴のような歓声が上がった。

拳《こぶし》の甲《こう》と甲を軽く打ち合わせ、演武のような舞踏《ぶとう》が始まる。二人の付き合いは、十年近く。勉学、武術、魔力制御《まりょくせいぎょ》を共に学んできた。互いの呼吸は解《わか》っている。

そして今、守りたいもの、手中にしたいものを――ひそかに、争っている。

舞踏とはいえ、打ち合いを模して繰り出す拳は鋭《するど》く、武術に目の肥えた男性陣《じん》を唸《うな》らせた。

男女別パートが終わり、アレクセイとミハイルは再び女性たちへ一礼する。

今度は女性たちも応じる。ただし、手を取りはしない。歩み寄るものの男性の傍《かたわ》らをすり抜《ぬ》けて、背中合わせになるのだ。

エカテリーナはアレクセイと、フローラはミハイルと背中合わせでペアになった。

振《ふ》り向いて向かい合わせになろうとする男性、拒《こば》んで背中を向けたままであろうとする女性。

そういう体《てい》で、背中合わせで一回りする。

兄を拒むふりのエカテリーナはつい笑ってしまって、動きが遅《おく》れて背中と背中が触《ふ》れ合った。

一瞬の温かさに癒《いや》される。

アレクセイが振り向き、微笑んだ。黄色い悲鳴が上がる。

思わず笑顔を返しそうになるが、ダンスの振り付け上ここは逃《に》げなければいけない。エカテリーナとフローラはターンで男性から離れる。リボンがたなびきスカートが花と広がって、美しい少女たちをいっそう華《はな》やかに引き立てた。

組み合わせが変わって、エカテリーナとミハイル、フローラとアレクセイで、同じ振り付けを踊る。

背中合わせで回る時、なびくボレロのリボンが男性の腕に触れた。感触《かんしょく》すらほとんどないはずだが、自分の腕に触れる黒いリボンに、ミハイルがはっと息を呑んだことを、エカテリーナは知らない。そしてエカテリーナがターンで離れていく時、ミハイルが一瞬リボンに手を伸ばし、手をすり抜けたリボンに切なげな表情をしたことを、知るよしもなかった。

最後のパート、女性たちが男性を受け入れて共に踊るパートになり、元《もと》の組み合わせに戻る。

エカテリーナは笑顔でアレクセイの手を取った。

実は、兄妹で腕を組むのは珍《めずら》しい。いつもはエスコートなので。皇国ではエスコートとは男性の右腕に女性が左手を重ねることで、腕を組むのとは別物なのだ。

この最後のパートは、最初の女性パートを男女で踊るのに近い。しかし、拒絶《きょぜつ》から受け入れに変わるという物語のあるダンスゆえに、印象は大きく変わる。人々は、ようやく受け入れられて男女で踊る姿に、温かく見守る視線を注いでいた。

それに女性同士で腕を組んだ時にはひたすら愛らしくあでやかであったが、身長差のある男性、それも見目麗しい貴公子との組み合わせになると、女性のたおやかさがいっそう際立《きわだ》つようだ。

長身のアレクセイが妹に優《やさ》しい眼差しを向け、エカテリーナは兄を甘えるような目で見上げる。そこからのターンはアレクセイがエカテリーナの手を取って、ソシアルダンスのようにリードした。ひらめくリボンがアレクセイの腕に一瞬《いっしゅん》からんで、ひらりとほどける。

ミハイルとフローラはまさに「王子様とお姫様《ひめさま》」のイメージそのまま、若々しい凛々《りり》しさと初々《ういうい》しい可憐《かれん》さでなんとも微笑ましい。ただ交《か》わす笑顔は、親しげでありつつ緊張感《きんちょうかん》をたたえ、二人とも妙《みょう》に似通った表情となっていた。

組み合わせが変わって、エカテリーナはミハイルと組む。大注目されてのファーストダンスもこれで終わりー！　と思ってエカテリーナは、腕を組んで回りながら思わずにっこりとミハイルに笑いかけていた。

ミハイルは眩《まぶ》しげな顔をして、笑顔を返す。

ターンの時には、アレクセイと同様、ミハイルがエカテリーナの手を取ってリードした。リードしてもらうとターンが楽なようで、さすが皇子もお兄様並みにダンスが上手《うま》いなあ、とエカテリーナは感心する。

最後に、四人は互いに一礼した。

それと同時に、大広間は大喝采《だいかっさい》に包まれた。

ああよかった、何事もなく終わったー！

肩の荷が下りたエカテリーナは、ぴっかぴかの笑顔だ。

みんな、私の思いつきに付き合わせてごめん。でも、お兄様も皇子もフローラちゃんもすごいよ。完璧《かんぺき》！　ありがとう！

そして皆さん、すごく喜んでくれてる。涙《なみだ》ぐんでいる人までいるのが見える。

郷土の伝統がリスペクトされるって、そこに住む人がリスペクトされることだもんね。

皇子と悪役令嬢《れいじょう》がファーストダンスを踊《おど》るってヤバい、っていう利己心で思いついたことだったけど。

結果として、すごく良いことになって、本当によかった。

いつまでも続くように思われた拍手《はくしゅ》喝采もついに鎮《しず》まり、楽師たちが円舞曲《えんぶ》を奏《かな》で始めたが、手を取り合って舞踏フロアへ進み出る男女はほとんどいなかった。

それよりも招待客たちは、フロアから引き上げてくる四人を、いや皇子ミハイルを、熱意を込めた眼差《まなざ》しで見つめている。彼と言葉を交わす機会を待ち望んでいるのだ。

皇子とよしみを通じて、自分の勢力拡大や商売の拡充《かくじゅう》を狙《ねら》う、といった野心に燃えているわけではない。彼らはただ、やがてミハイルが皇帝《こうてい》の位に即《つ》いた時、自分はかつてあの方と直接お話ししたことがあるんだよ……と周囲に誇《ほこ》らしく話す未来を夢見ているだけなのだろう。

そして、郷土の伝統のダンスがファーストダンスとして踊られるのを見た感動、喜びを、直接伝えたいのだ。

「エカテリーナ、私は殿下《でんか》をご案内する。長くかかるだろうから、お前は離れていなさい」

アレクセイがそっとエカテリーナに耳打ちする。

「お兄様、わたくしも女主人として務めを果たしますわ」

「いや、お前にはフローラ嬢をもてなしてもらいたい。彼らの挨拶《あいさつ》を受ける間、ずっと側《そば》にいるのは……」

アレクセイは以下を略したが、エカテリーナは納得《なっとく》した。祝宴《しゅくえん》でひたすら挨拶を受けた体験から、かなり疲《つか》れることは解っている。ミハイル、アレクセイ、エカテリーナはそれが義務である身分だが、フローラを巻き込むのは申し訳ない。

「フローラにとっては初めてのパーティーなんだし、二人で楽しんでね」

ミハイルも、エカテリーナとフローラに微笑《ほほえ》んだ。これから凄《すご》い人数と挨拶を交わさなければならないというのに、悠然《ゆうぜん》たるものだ。さすがロイヤルプリンス。

「それでは、仰《おお》せの通りにいたします。ミハイル様もお兄様も、あまりお疲れでしたら、ご無理はなさらないでくださいましね」

言うだけ無駄《むだ》と知りつつ言わずにいられなかったエカテリーナに、アレクセイとミハイルは穏《おだ》やかにうなずいてみせた。

そうやって、兄たちから離れたエカテリーナとフローラだったが。すぐに、足を止めることになった。

男性たちが、さりげなく寄ってきていたためだ。

寄ってくるというか、包囲網《ほういもう》状態である。

そういえば祝宴でも、お兄様から離れたとたん男性陣に囲まれたんでしたよ……。

あの時は、すぐにお兄様が救出に来てくれた。

なので。どうあしらったらいいのか、わからないまんまですわ！　無能！

とにかく、フローラちゃんは私が守らねば。私は彼らの誰《だれ》よりも身分が上、身分が低い者から話しかけてはいけないというマナーにより、向こうから私に話しかけてくることはできないんだから――目を合わせないでいればなんとかなる。たぶん。

……不審《ふしん》人物かよ自分……女主人としてあるまじき態度だろ……うわーんどうしよう。

固まるエカテリーナと、心配そうに友を見るフローラ。

そこに。

最強艦隊《かんたい》がザッザッザと侵攻《しんこう》してきた。

いや別に船は関係ないのだが、エカテリーナが「つよそう」と思ったので。

青年たちを蹴散《けち》らす迫力《はくりょく》でやって来たのは、若い、しかしエカテリーナより年上の貴族夫人の一団である。

先頭の夫人に微笑みかけられて、エカテリーナは顔を輝《かがや》かせた。

「マルガリータ様。お会いできて嬉《うれ》しゅうございますわ」

「ありがとうございます。祝宴では温かいお言葉をいただき、皆《みな》で感激いたしました」

マルガリータは、ノヴァクとアデリーナ夫人の娘《むすめ》である。

藤色《ふじいろ》の髪《かみ》に黒い瞳《ひとみ》、母親似だが印象的な目元は父親譲《ゆず》りで、美人なオーラの持ち主だ。すでに他家に嫁《とつ》いでおり、エカテリーナは彼女の夫とも祝宴で会っている。家庭内の主導権がどちらにあるのかは、一目瞭然《いちもくりょうぜん》だった。中身もいろいろ母親似と思われる。

そこへ、一人の青年が近付いてきた。

「あー、姉さん……」

マルガリータと一緒《いっしょ》にやって来た、おそらく二十歳《はたち》を少し過ぎたくらいであろう、凛々しい顔立ちの夫人の一人に声をかける。エカテリーナかフローラに繋《つな》いでもらおうという意図が見え見えだが、声をかけられた夫人は扇《おうぎ》の陰《かげ》から低い声で言った。

「おさがり」

一刀両断。またつまらぬものを斬《き》ってしまった感。

青年はすごすごと戻《もど》っていった。

……そういえば、前世で弟がいる友達がいたけど、弟を完全にパシリにしてたなあ。姉弟《きょうだい》という家庭内ヒエラルキーは、世界を超《こ》えて絶対の法則なのだろうか。いやまあ、姉弟もいろいろではあるだろうけれど。

他《ほか》の青年たちも、すっかり心が折れたようだ。

それで、エカテリーナとフローラは落ち着いて女性たちと歓談《かんだん》できることになった。

「さきほどのダンス、素晴《すば》らしかったですわ。アレクサンドル公の時代には禁止の憂《う》き目にあっていたものを、皇子殿下が歓迎《かんげい》の宴《うたげ》のファーストダンスで踊ってくださる……これほどの驚《おどろ》きと喜びを味わえるとは、思ってもおりませんでした」

ぽっ、とマルガリータは頰《ほお》を染める。彼女の周囲の夫人たちも、同様に喜びに顔を輝かせたり、涙ぐんだり、何かうっとりしたりしていた。

「お嬢様のご発案と、母から聞いております。父が、お嬢様はセルゲイ公の発想力を受け継《つ》いでおられると申しておりましたが、本当ですのね」

「いえ、あれは、四人でお話ししている中で、そういう案になっただけですのよ」

自分とミハイルでファーストダンスを踊ると破滅《はめつ》フラグがアップを始めるから、苦肉の策として思いついた……という経緯《けいい》を言うわけにはいかず、エカテリーナはそんな風にごまかす。

隣《となり》のフローラがそっと笑《え》みを隠《かく》したので、お嬢様は謙遜《けんそん》していると夫人たちにバレバレ（？）

だったのだが。

「アデリーナ様からうかがった、郷土の素敵《すてき》なダンスの伝統が途絶《とだ》えようとしていることをお伝えしましたら、お兄様が由々しき事態だと。ミハイル様も、ピョートル大帝と初代セルゲイ公が目指した人々の融和《ゆうわ》を重視すべき、と仰せくださいましたの」

そうエカテリーナが言うと、突然《とつぜん》夫人たちは盛り上がった。

「まあ、お嬢様は殿下をお名前で呼ぶことを許されておいでですのね！」

「当然ですわね！　魔法《まほう》学園で殿下とお嬢様、そしてチェルニー様が首席を争うよきライバルであることは、在学中の弟妹《ていまい》からの手紙で、ユールノヴァにも知れ渡《わた》っておりましてよ」

なんですと⁉

「なにより、魔法学園に魔獣《まじゅう》が出現するという大事件のおり、生徒たちを守るべく闘《たたか》って見事魔獣を撃退《げきたい》なされたのが、まさにさきほどファーストダンスを踊られた四人の方々……そう思うとますます素晴らしく思えましたわ」

「チェルニー様が聖の魔力を発揮されてお嬢様をお守りくださったこと、そのことに深く感謝した公爵閣下《こうしゃくかっか》が、チェルニー様をユールノヴァの友とすると誓言《せいげん》なされたこと。本日ご招待いただいたほどの者であれば、皆存じ上げております」

「美しい上に、強く勇敢《ゆうかん》。そんな方々が、わたくしたちの郷土のダンスをファーストダンスとして踊ってくださった。あれほど優雅《ゆうが》に……わたくし、今日のことは一生忘れませんわ！」

盛り上がる夫人たちに置いていかれて、エカテリーナはフローラと顔を見合わせる。

それからふと思いついて、マルガリータを見ると、彼女はにっこり笑った。

宣伝工作《プロパガンダ》……！

領民たちがお兄様を慕《した》う様子を見て、お兄様の領政への貢献《こうけん》を、しっかり知らしめるべく動いている人がいることは察していた。なんとなく、ノヴァクさんだろうとも思っていた。

その宣伝工作、家族ぐるみでやってたわけー!?

そしてもうひとつなんとなく、ノヴァクさんにそういう宣伝のやり方を教えたのは、お祖父《じい》様だった気がする。絶対、そういうの得意だったと思うんだ。策士だったし……。

「お嬢様《じょうさま》、本家を支えるのは分家の務めにございます。どうぞ、わたくしどもをお使いくださいませ」

「心強いお言葉ですわ……」

マルガリータさんの言葉があまりに心強くて、若干《じゃっかん》、脱力《だつりょく》です。

気が付くと、エカテリーナとフローラの周囲には、若い夫人だけでなく未婚《みこん》の令嬢たちも集まってきて、女の園《その》と化していた。

こんなに若い女性の分布が偏《かたよ》ってしまって、招待客に宴を楽しんでもらえるのだろうか？

と女主人として心配になるエカテリーナ。

が、男性たちの一人が、女性たちの防衛網《もう》の外縁《がいえん》付近にいる令嬢に声をかけて舞踏《ぶとう》フロアに連れ出すのを目撃して、なるほどと思った。令嬢たちの中には、エカテリーナやフローラと話したいというより、周囲をうろうろしている男性狙《ねら》いでここにいる、ハンタータイプもいるようだ。目立つ囮《おとり》のそばで獲物《えもの》を待つ……チョウチンアンコウ型？

ま、獲物といっても男性側もハンターだろうから、食うか食われるかの弱肉強食か。

えっと……頑張《がんば》ってください。私にはわからない世界です。すまん！

そして宴の会場を見渡すと、いくつかの人の固まりができているのが見て取れた。一番大きいのはアレクセイとミハイルを囲む人垣《ひとがき》だが、他にもいくつか。

エカテリーナの周囲にいる夫人や令嬢より年長のおねえさま方が囲んでいるのは、アデリーナ夫人だった。今回のファーストダンス採用の立役者と言っていい彼女だから、当然とも言えるが、公爵アレクセイの側近として権勢をふるう立場となったノヴァクの妻だ。ご機嫌伺《きげんうかが》いが殺到《さっとう》してもいるのだろう。

そういえば思い出した、前世の大ヒットドラマ。銀行の内幕を描《えが》いた、倍返しするやつ。あれに、社宅の奥様ヒエラルキーなんかもちらっと出てきたような気がする。ここでも、同じようなものなんだろうな。ただこういう場での情報収集や情報提供は、あれよりもっとシビアに活《い》きてくるんだろう。

彼女から離《はな》れたところで、小さな固まりを作っている人々もいる。その中には、苦々しげにアデリーナ夫人を見ている人が含《ふく》まれているものもあるような。生き残りの旧勢力だろうか、粛清《しゅくせい》されなかったのだから悪事は働いていなかったのだろうけれど、時流の変遷《へんせん》に反発する人は必ずいるものだ。

……こういう人間関係とか派閥《はばつ》とか、前世からの苦手分野ですすみません。

でもとりあえず、宣伝工作がお家芸らしいノヴァク家の娘マルガリータさんのおかげで、私はこの女の園で落ち着いていても大丈夫《だいじょうぶ》らしい。というか、こうしているのがあるべき役割でさえあるのじゃないかな。変に動き回ると、ハンターたちの猟場《りょうば》を乱してしまいそうだから。

大変ほっとしつつ、エカテリーナは給仕《きゅうじ》を呼び寄せた。フローラと自分にノンアルコールの飲み物を、マルガリータたち夫人には好みの飲み物を持ってきてもらう。飲み干すと現れる小さなゼリーの蝶《ちょう》は、ほんのり飲み物の味が染《し》み込んでいて、口に流し込んで食べても美味《おい》しい。

「フローラ様は初めてのパーティーですもの、楽しんでくださいまし。踊《おど》っていらしては？」

けれどフローラは、首を横に振《ふ》る。

「知らない方と踊るのは……エカテリーナ様とでしたら、踊りたいと思いますけど」

後半を悪戯《いたずら》っぽく言われて、エカテリーナはコロコロと笑った。

「そうですわね、わたくしも、知らない殿方《とのがた》よりフローラ様と踊りとうございますわ」

「お二人は本当に仲良しでいらっしゃいますのね」

マルガリータが微笑《ほほえ》む。

「色違《いろちが》いの対《つい》の衣装《いしょう》をお召《め》しになるほどですものね。お二人とも、よくお似合いですわ」

「本当に素敵なドレスですわね。あのダンスの中で、その長いリボンがとても映《は》えて！　わたくし次のドレスは、必ずこういうリボンを取り入れたデザインにいたしますわ」

「わたくしも！　妹など、ダンスが始まったとたんにお母様におねだりしていましたのよ。美しい方のドレスは、真似《まね》したくなりますわ。自分も同じように、美しく踊れるような気がしてしまいますの」

「さきほどのダンス、素敵なアレンジでしたわ。昔はわたくしも、あのダンスを領地の祭りで領民と一緒に踊ったものでしたが、もっと素朴《そぼく》で。ターンを入れると、一気に洗練された印象になりますのね」

そんな会話を交《か》わしながら、女性たちはさざめき笑う。

「あら、衣装といえば……」

夫人の一人が、ちらりと会場の中央に目をやる。アレクセイとミハイルを中心とする、一番大きな人の群れ。

エカテリーナもそちらへ目を向けて、その目をまんまるにした。

がっつり背中見えてる！

ミハイルに挨拶《あいさつ》しようと集まっている人々は、男性が多めなのだが、その中に非常に大胆《だいたん》なデザインのドレスをまとった女性が交じっていた。エカテリーナの位置からは彼女を斜《なな》め後ろから見ることになるが、髪色《かみ》は地味めの茶色ながら、スタイルがたいへん見事であることは見て取れる。それを惜《お》しげもなく、かなり露《あら》わにしていることも。

こういうドレスが流行した時代は過去にあって、夏の夜会なら既婚《きこん》女性の選択肢《せんたくし》としてアリらしいことは、デザイナーのカミラさんから聞いたことがある。しかし悪役令嬢も負けそうなダイナマイトな体形により、威力《いりょく》が最終兵器。

おお……皇子、大丈夫かな。十六歳の男の子には、刺激《しげき》が強いよね。いつだったか、ドレス姿の私を見て赤くなってたことがあったはず……これはあれより難易度高いぞ、頑張れ！

妙《みょう》にハラハラして見守ってしまうエカテリーナ。

しかし彼女が拍子抜《ひょうしぬ》けするほど淡々《たんたん》と、ミハイルは大胆女性と軽く言葉を交わし、穏《おだ》やかに微笑んで、それで終わり。女性はミハイルの前から下がった。

なお、アレクセイがその女性を見る視線は、花瓶《かびん》やタンスを見る時とたいして変わらないようだった。

あれ？

あんなの前にしたら、思わず視線がさまよっても仕方ないぞ。どこらへんにかは、言わないけど。思春期男子だ、お姉さんは許す。

とか思ってたのに、びくともしないんかい。

皇子、ああいうのけっこう慣れてる？　……じゃあ、いつだったかの赤面はなんだったんだろう。

「殿下《でんか》は紳士《しんし》でいらっしゃいますのね」

マルガリータが、どこか安堵《あんど》を感じる口調で言う。ミハイルを見ていたエカテリーナを、気《き》遣《づか》う様子だ。

「お嬢様、あの方とは……？」

「祝宴《しゅくえん》の折に、ご挨拶いただきましたわ。未亡人でいらっしゃるとか」

「ええ、そうなのです。頼《たよ》る人もあまりいない中、幼いご子息とお家を守っていらして」

この歓迎《かんげい》の宴《うたげ》でミハイルに挨拶が許されるくらいだから、れっきとした名家の奥方だ。ずいぶん歳《とし》の離れた夫に嫁《とつ》ぎ、今は未亡人となって幼い子供を育てながら、当主の代理として婚家を守っているとのこと。

前世の歴史小説でも、貴族女性が人生を謳歌《おうか》できるのは、未亡人になった時だけだという描《びょう》写《しゃ》を読んだことがあった。今までの人生の鬱屈《うっくつ》を、自由を得た今になって晴らしているのかも。

とはいえ、マルガリータさんはかばう口調だけど、周りの夫人たちは賛否両論……それも否のほうが多い空気。セクシー系の女性って、同性からの目が厳しくなりがちだよね。

「マルガリータ様がそのようにおっしゃるなら、きっと良い方なのですわね。お子様と嫁ぎ先を守っていらっしゃるなど、ご立派と存じますわ。それに目を引くドレスですこと、実は少し、興味を引かれましたの」

個人的には、ヘソ出しとかミニスカとか普通《ふつう》だった前世の記憶《きおく》ゆえに、嫌悪感《けんおかん》とかはないです。祝宴では軽く挨拶しただけで、彼女がどんな人かはわからなかった。だからマルガリータさん情報で判断します。知らない人のことを否定的に言うもんじゃないよね。

あと、あれを前から見るとどんな感じか知りたい、という好奇心《こうきしん》があったりする。

「お言葉に安堵いたしましたわ。のちほど改めて、ご紹介《しょうかい》させてくださいませ……」

マルガリータの言葉が不自然に途切《とぎ》れ、彼女はエカテリーナの背後を見つめて息を呑《の》んだ。

なんぞ？

と思って振り返ると——ミハイルを先頭とする一団が、こちらへ歩み寄ってきていた。

あれ、もう挨拶はいいのかな？

と思ったが、思い起こせば祝宴でも、ある程度の地位の人々から挨拶を受けたらゆったりと会場を歩いて、あちらから寄ってはこられない程度の立場の人々にこちらから声をかける、という流れになったのだった。ミハイルも回遊のタイミングになったのだろう。

あちらから間近に寄ってきたロイヤルプリンスに、令嬢《れいじょう》たちはもとより既婚夫人たちも声にならない悲鳴をこらえる様子だ。

「歓談《かんだん》中にすまないね、エカテリーナ、フローラ。きれいな花園《はなぞの》が見えたものだから、寄ってみたくなってしまった」

そんな言葉と共に、にこ、とミハイルが笑顔《えがお》を見せると、ついに押し殺した声が上がった。

おお、美辞麗句《びじれいく》が言えてるよ皇子！　えらい！

という思いで、エカテリーナはにっこり笑う。

「ミハイル様、宴は楽しんでいただけておりまして？」

「もちろん。皆《みな》から温かい言葉をもらって、嬉《うれ》しく思っているよ。エカテリーナの素晴《すば》らしい提案に、感謝している」

「嬉しいお言葉ですわ」

「あのダンスは、楽しかったね。そのドレス、踊っている時は一段と素敵《すてき》だった。そのリボン」

すっと手を伸《の》ばして、ミハイルはエカテリーナの肩《かた》から垂れるリボンに、触《ふ》れるか触れないかのところで指先を止めた。

「思わず、摑《つか》まえたくなったよ」

その言葉に悪戯っぽい表情になったエカテリーナは、その場でくるっとターンする。リボンがひらめいて、ミハイルの手にふわりと絡《から》んだ。

その瞬間《しゅんかん》のミハイルの表情を見て、周囲の夫人たちが揃《そろ》って扇《おうぎ》の陰《かげ》で声にならない悲鳴を上げたのだが、エカテリーナは気付いていない。

「お気に召して嬉しゅうございますわ」

「うん……惹《ひ》かれるね」

少し赤くなったミハイルの手から、さらりとリボンが流れ落ちる。名残惜《なごりお》しげな顔をしたもののの、ミハイルはフローラにも声をかけた。

「フローラも楽しんでいるかな？」

「はい、こんな華《はな》やかな場所にいられるだけで夢のようです。とても良くしていただいていますし」

「それは良かった。邪魔《じゃま》をしてすまなかったね」

その間に、ミハイルに従ってきたアレクセイがエカテリーナの髪を撫《な》でる。

「エカテリーナ、疲《つか》れていないか」

「いいえ、お兄様。優《やさ》しい方々と楽しく過ごすばかりで、申し訳ないほどですの」

嬉々《きき》として兄の手に頭をすり寄せて、エカテリーナは笑顔で兄を見上げる。

「それは良かった。お前はまだ社交に慣れていないのだから、無理をしてはいけないよ」

「はい、お兄様。仰《おお》せの通りにいたしますわ」

アレクセイはいつも通り妹には優しい笑顔で、これはこれで周囲の女性たちが悶《もだ》えている。

そしてミハイルたちは、その場を去っていった。

しかしエカテリーナの周囲を固める夫人たちは、目線で興奮を分かち合っている。

（やはり殿下は、お嬢様を想《おも》っておいでなのですわ！）

（ええ！　ダンスの時のお顔で、そうとわかっておりましたわ！）

（お似合いのお二人ですもの、応援《おうえん》して差し上げなければ！　ユールノヴァの臣下として、お嬢様を未来の国母《こくも》に！）

（あれほど切ないお顔でリボンに触れて……ときめきますわ、青春ですわね！）

しかし彼女たちは知らない。リボンに触れるミハイルにエカテリーナが思ったことは、

――皇子って、子犬みたいだと思ったことがあったけど。リボンが気になるなんて、猫《ねこ》みたいなところもあるんだなあ。

という、残念きわまりないものであった。


ミハイル皇子殿下歓迎の宴は、つつがなく終わった。

招待客の多くがミハイルと言葉を交《か》わしたり、目を合わせて微笑《ほほえ》みかけてもらったり、なんらかの思い出を得ることができ、高揚《こうよう》した気分で帰路についている。この夜のことは、彼らにとって、生涯《しょうがい》の思い出になるだろう。

そんな帰路をたどる馬車のひとつで、こんな会話が交わされていた。

「海より深く反省なさい」

向かいの席でかしこまる弟にビシッと扇を向けて、姉は鋼《はがね》のような声音《こわね》で言う。彼女はマルガリータと共にやってきた夫人の一人。声をかけようとした弟を、一刀両断したサムライ風味

の美人だ。

ちなみに隣《となり》の席には彼女の夫がいるのだが、空気を読んで空気と化していた。

「話しかけたからって、なんで反省しないとならないのさ……」

ふてくされたように弟は言う。姉は怖《こわ》い存在だが、同時に甘えの対象でもある。単に彼が、懲《こ》りない性格なのかもしれないが。

「あわよくばエカテリーナお嬢様に取りつがせて、ダンスにお誘《さそ》いしようという下心が見え見えだったからです。この愚《おろ》か者。ファーストダンスを見ていれば、ミハイル殿下がお嬢様に特別な関心をお持ちなことくらい、解《わか》ったでしょう」

「だから！　未来の皇后陛下と一曲踊《おど》ったっていう、ちょっとした思い出が欲しかったんだよ。それくらい、いいじゃないか」

「そのちょっとした思い出が、未来の皇帝《こうてい》陛下の不興を買うリスクを伴《ともな》うことを理解なさい！その程度の判断もできないから、愚か者だと言っているのです。だいたい」

姉は扇を広げて口元を隠《かく》し、思いきり蔑《さげす》んだ目で弟を見た。

「ちょっとした思い出に一曲？　わざと当たったりして『感触《かんしょく》』を楽しみたいとか思っていることくらい、お見通しです。はっきり言えば、それしか考えていないでしょう。それが見て取れるような者がお嬢様と踊ってごらんなさい、公爵《こうしゃく》閣下がその場でお手討《てう》ちになさるに違《ちが》いなくてよ！」

「そ、そんなこと考えてない！　……いや少しは、けどそれは普通というか、男としての美人への称賛《しょうさん》というか……」

弟の目が泳いで、義兄《ぎけい》に助けを求める視線を送るが、空気を読める義兄は向こう側が透《す》けて見えそうなほどに空気である。

「だからあなたはモテないのです」

スパ―――――ッ！

一刀両断再び。

「ノヴァラス子爵家の跡取《あとと》りともあろうものが、学園でさんざん目移りしたあげくに婚約《こんやく》できず、領地でも連敗。ついには、公爵家の執事《しつじ》を務めるひいお祖父《じい》様の最後のご奉公《ほうこう》の場で失態を演じるなど、許されることではないのですよ」

そう、この姉弟《きょうだい》は、ユールノヴァ公爵家の老執事ノヴァラスのひ孫たちであった。

「ひいお祖父様の最後のご奉公……って、あの人は毎回それ言ってるし」

「まあ一部では『不死鳥の風見鶏《かざみどり》』と呼ばれているわね」

実は老執事ノヴァラス、その時々の風向きを読んで忠誠心の向き先を変える、風見鶏として有名だった。それだから、苛烈《かれつ》なアレクサンドラにも解雇《かいこ》されることなく、執事の座を守り続けて来られたのだが。あの人、死なないんじゃない？　という冗談《じょうだん》が囁《ささや》かれるほどの生命力。

不死鳥とはそういうものだっただろうか。

「でもアレクセイ閣下が盤石《ばんじゃく》の体制を築かれたことだし、そろそろでしょう。ノヴァラス家としては、本家との繫《つな》がりを失わないために、お祖父様かお父様に、公爵家へ食い込んでいただかなくてはならないのよ。そんな時に公爵閣下の不興を買うような真似《まね》をするなら、あなたなど廃嫡《はいちゃく》した方がマシです」

「うう……」

「それにねえ」

ほぅ、と姉は吐息《といき》をつく。

「あの素敵なファーストダンス……アレクサンドラ様の頃《ころ》には、考えられなかったわ。時代は変わったのだと実感して、涙《なみだ》が出そうになったものよ。あの頃は、ひいお祖父様の風見鶏に守られていたわたくしたちでさえ、ちょっと目につくドレスを着ようものならネチネチ言われ睨《にら》まれ……」

ギリリと扇を握《にぎ》りしめた姉だったが、我《われ》に返ってこほんと咳払《せきばら》いした。

「あのファーストダンスは、お嬢様《じょうさま》のご発案。新たなユールノヴァの女主人は、社交界に開放的な風を吹《ふ》かせてくださることでしょう。今日も、皆様《みなさま》に楽しく過ごしていただきたいとおっしゃって、いろいろ気配りしてくださったの。優しい方よ。それに皇子殿下《でんか》が想うお方、未来の皇后陛下……！　ユールノヴァの栄光のため、わたくしたち分家の女性は、全力でお嬢様をお支えします」

ぐっ、と姉は再び扇《おうぎ》を握りしめる。

「今日お話しした限りでは、お嬢様はとても聡明《そうめい》な方のようだけど、男女のことにはとっても疎《うと》くていらっしゃるようだったわ。見た目は大人びていても、あの方は純粋培養《じゅんすいばいよう》の箱入り娘《むすめ》そのもの。あんな純真無垢《むく》なお姫様《ひめさま》に、あなたのような低劣《ていれつ》な俗物《ぞくぶつ》が汚《けが》れた目を向けるなど許されません。よおく覚えていらっしゃい」

「ひどすぎる評価！」

弟はキャンキャンと吠《ほ》えたが、姉のひと睨みで沈黙《ちんもく》した。

「それでは、若い夫人たちもお嬢様をお支えすることで一致《いっち》したのね」

「ええ、お母様」

母アデリーナに答えるマルガリータは、笑《え》みが抑《おさ》えきれない様子だ。

父ノヴァクと兄アンドレイ、そしてマルガリータの夫ら男性陣《じん》は、別の馬車で密談しつつ帰路についている。ちなみにマルガリータの夫はアンドレイの友人で、その能力にノヴァクも目をかけていた人物。アレクセイの爵位継承《けいしょう》後、領都警護隊の総隊長を拝命している。アレクセイは反対勢力を粛清《しゅくせい》するにあたって、その実行部隊である騎士《きし》団と領都警護隊を完全に掌握《しょうあく》していたのだ。

「皆様、アレクサンドラ様の時代と大きく変わることを感じて、奮い立っておられました。それにお嬢様のセンスは素敵《すてき》ですし。いつもドレスのどこかに取り入れておられる『天上の青』、手が届かないと思っていたら、新発見の染料《せんりょう》で従来よりはるかに安価なのですって。ぜひ試《ため》してみて欲しいとおっしゃったの、お母様もぜひ検討なさって」

「まあ！　あれなら、年代を問わず身につけられるわね。わたくしもお友達にお薦《すす》めするわ」

近頃《ちかごろ》急増した「お友達」を思い浮《う》かべたようで、アデリーナはにんまり笑う。

「それになんといっても、あのファーストダンスですわ。次代の皇帝陛下が、ユールノヴァの一員のように、郷土のダンスを踊ってくださった。それにまず感激しましたけど、皆様美しいご容姿で、ダンスもお見事。なにより、恋《こい》のダンスの中に、本物の恋が見え隠れしているなんて！　劇場でお芝居《しばい》を見るより、ずっとときめきますわ」

微笑んだアデリーナは、しかしふと小首をかしげた。

「それなのに、お嬢様は本当にお気付きでないご様子ですわね。何度かさりげなく触《ふ》れてみたのですけど、意味がお分かりでないようだったり、勘違《かんちが》いをなさったり。そして、兄君である公爵閣下をただただ慕《した》っていらっしゃる」

ターンしてミハイルの手にリボンをからめた時には、なんという「巧者《こうしゃ》」だろうと感心したのだが。あれがなんの計算もなく、無邪気《むじゃき》にしただけのようなのだから、かえって恐《おそ》ろしいというか。

ふっと、マルガリータはため息をついた。

「率直《そっちょく》に申し上げれば、お嬢様はアンバランスなお方と感じました。ご聡明で、驚《おどろ》くほど大人な面もありつつ、一面ではあまりにも子供でいらっしゃる。それにやはり、家同士の触れるべきでないことなど、社交の不文律はあまりご存知ありませんわね。あの不幸なご境遇《きょうぐう》からすれば当然ですけど……」

触れてはならないところに触れそうになって、マルガリータはあわてて口をつぐむ。

「そうね、わたくしもダンスをお教えする折に、できるだけお伝えしたのだけど……。そうした不文律というものはあまりに多様で、系統立てて教えるのは難しいものね。実践《じっせん》で、その時その時で覚えていかなければ。男性と女性では違うから公爵閣下がお教えになるわけにも……。それに閣下は、お嬢様のなさることはすべて良しとされるし」

今度はアデリーナが、苦笑《くしょう》しつつ口をつぐんだ。

「ですが、お嬢様はご聡明でお優《やさ》しくて、ご自分の判断で周囲を納得《なっとく》させる行動をとることができる方ですわ。天性の魅力《みりょく》がおありです。そうそう、ゾーヤ様とお話しくださいましたのよ。わたくし、嬉《うれ》しゅうございました」

「あなたは昔からゾーヤ様と仲が良かったものね、今はあの頃とはずいぶん感じが変わられたけど」

ゾーヤは、大胆《だいたん》な衣装《いしょう》で宴《うたげ》に参加していた未亡人だ。

少女時代からのマルガリータの友人だが、厳格な家庭に育った彼女は、当時は成長するにつれ女性らしくなる体形を恥《は》じるように、ぶかぶかの野暮《やぼ》ったい服を着ていつも猫背《ねこぜ》でうつむいていた。

ゾーヤの父親と兄は女性を下に見るタイプで、彼女を見れば嘲《あざけ》り罵《ののし》っていて、虐待《ぎゃくたい》に近い扱《あつか》いを受けていたようだ。そして、売られるように歳《とし》の離《はな》れた夫のもとへ嫁《とつ》がされた。

幸い夫は若い妻に優しく、似合う服で着飾《きかざ》る楽しみを教えてくれ、息子《むすこ》が生まれた時には大いに喜んだ。結婚生活は短かったが、夫は莫大《ばくだい》な財産が必ず息子と妻のものとなるよう、あらゆる手を尽《つ》くして逝《い》った。

とたんにゾーヤの父親と兄が遺産目当てに乗り込んでこようとしたが、それを追い払《はら》ったのはゾーヤだ。挑発《ちょうはつ》するような、煽情《せんじょう》的な衣装を身につけるようになったのはこの時から。元来内気なゾーヤにとって、あの衣装は別人になって戦うための、戦《いくさ》装束。息子のために、生まれ変わる決意の表れだった。

父親も兄も、女性を馬鹿《ばか》にしているようでいて、女好きでかつ、ある意味で女性を怖《おそ》れる人間であることを、ゾーヤは無意識に感じ取っていたのかもしれない。女性としての魅力あふれる彼女を見てしどろもどろになる二人の姿は、彼女に大いなる自信を与《あた》えたのだった。

その後も、幼い息子の代理で当主の仕事をこなすゾーヤは、戦装束で戦っている。

父親と兄からは絶縁《ぜつえん》されたが、二人はノヴァダインの取り巻きであり、先日悪事を暴《あば》かれて捕縛《ほばく》された。絶縁されていて、幸いでしかなかった。

ゾーヤから簡潔にこれまでのことを聞いたエカテリーナは、しみじみと言った。

『お子様のために、強くおなりになったのね。そういうお母様のお話は、胸に迫《せま》ってまいりますわ』

その言葉に、夫人たちははっとしたものだ。エカテリーナとアレクセイの母アナスタシア、悲劇の公爵《こうしゃく》夫人は、強くはなれなかったのだけれど……。

「お嬢様はゾーヤ様に、好意的な言葉をかけてくださいました。お上手だと思ったのは、その後に子育ての苦労などをお尋《たず》ねになって、周囲の夫人たちにも話を振《ふ》っておられたことですわ。苦労話や自慢《じまん》話で盛り上がって……夫人たちの間では孤立《こりつ》しがちなゾーヤ様は、話の輪の中で一緒《いっしょ》に笑えて、喜んでいらっしゃいましたの。お若いお嬢様が、見事なされようでしたわ」

前世アラサーの経験で、既婚《きこん》の友人たちが一番盛り上がる話題を心得ていたおかげである。

「お嬢様をお支えすることは、アレクセイ閣下をお支えすること。わたくしたちは女性のやり方で、お父様やアンドレイと共に、閣下の体制を支えてゆきましょうね」

「はい、お母様」

第三章　狩猟大会

狩猟《しゅりょう》大会のその朝、空は爽《さわ》やかに晴れ渡《わた》っていた。

北方のユールノヴァでは、この時期にはすでに、吹《ふ》く風に微《かす》かな秋の気配が漂《ただよ》う。空の青さえ、ミハイルの夏空色の髪《かみ》よりも、淡《あわ》い色合いであるようだ。

「良いお天気でようございましたわ」

「そうだね。ユールノヴァは涼《すず》しいから、晴れても暑すぎないのがありがたいよ」

朝食の席でのエカテリーナの言葉に、ミハイルが答える。同じ食卓《しょくたく》に、アレクセイとフローラもいる。

今回は、ミハイルがアレクセイと一緒に朝の鍛錬《たんれん》をしてそのまま朝食についてきた……という流れではない。皆《みな》で食事をとっているここはユールノヴァ城ではなく、北都の郊外《こうがい》にある別邸《べっ》のひとつだ。狩猟大会がおこなわれる猟場に近いため、前日に移動してきたのだった。

この別邸《てい》は狩猟のために建てられたもので、全体に男性的な、少々無骨な印象だ。邸内に狩猟用の弓矢や槍《やり》、そして大きな鹿《しか》の枝角や、他《ほか》さまざまな猟の獲物《えもの》の記念品が飾られている。長く滞在《たいざい》するためのものではないので、公爵家の別邸としてはこぢんまりしたものだった。

とはいえ今回は皇子歓待《かんたい》の一環《いっかん》として、前々から使用人たちが念入りに準備をしてきており、隅々《すみずみ》まで磨《みが》き上げられていて居心地《いごこち》は良い。

なお、「こぢんまりしている」について、到着《とうちゃく》した時エカテリーナは確かにその通りだと思い、後に反省した。

充分《じゅうぶん》、豪邸《ごうてい》だってば。

東京二十三区にあったら、不動産価格は三桁《けた》億円だよ多分。

世界遺産クラスなユールノヴァ城を基準にものを考えるようになってはいかん、と前世社畜《しゃちく》は強く思う。今生では公爵令嬢《れいじょう》なのだから、自宅が基準なのはむしろ自然なのだが……それでも、「城」が当たり前は「ないわー」な前世の感覚も、忘れたくないのだった。

本日の狩猟大会は、朝からおこなわれる。近隣《きんりん》の村人たちを勢子《せこ》として動員し、猟犬たちも駆使《くし》して獲物を追い込む、大掛《おおが》かりな巻き狩り猟《が》だ。

一定のエリアに追い込んだら、大会の参加者たちが獲物を追い、猟果を競《きそ》う。

そして夕刻には切り上げ、獲物と共にここへ戻《もど》ってきて、庭の巨大《きょだい》なかまどでジビエを調理させつつガーデンパーティーを楽しむという流れだった。

「ミハイル様は、猟を楽しみにしておられましたものね。大物を獲得《かくとく》されることを、お祈《いの》りいたしますわ」

「ありがとう。もしかすると金角の大角牛に遭遇《そうぐう》するかもしれないから、武運を祈ってね」

悪戯《いたずら》っぽく、ミハイルが注文をつける。

この邸《やしき》には大角牛の角も飾られている。名前を裏切らない巨大さだ。

その中にひとつだけ、金色の角があった。着色されたわけではなく、こういう色の角を持つ個体だったのだ。

角が金色になった理由はよく解《わか》っていないが、ひどく狂暴《きょうぼう》だったという話が残っており、角の変色は病気の症状《しょうじょう》ではないか、狂暴性は苦痛にさいなまれていたためではないか、と推測されているとのこと。

とはいえ、肉を食べたら普通《ふつう》の大角牛より美味《おい》しかったそうだ。

病気っぽいのに食べたんかい。

「貴い御身《おんみ》です。そのようなものに遭遇なされた場合は、他の者にお任せください」

アレクセイが真顔で言う。ミハイルは穏《おだ》やかに微笑《ほほえ》んだ。

「なるべくそうするよ。でも、そんな狂暴な個体が人里を襲《おそ》ったら大変だ。できることはしたいね」

「ユールノヴァの民《たみ》のことを考えてくださり、ありがとう存じますわ」

レアな獲物を獲《と》りたいっていう欲があるのは、お見通しだけどね。

でも、今の言葉だって決して嘘《うそ》ではないはず。だって、学園で魔獣《まじゅう》が出現した時、ためらいなく駆《か》けつけて来てくれたんだから。

もしかすると皇子はあの後、近習とかに「貴い御身を危険にさらすなど」とかって怒《おこ》られたかもしれない。けれどあれは、決して無謀《むぼう》な蛮勇《ばんゆう》なんかじゃなかった。皇子は、確かに強かったから。そして学園には、魔獣との実戦経験などない生徒と先生方しかいなかった。皇子が自ら闘《たたか》うことを選んだのは、冷静に戦力を計算してみれば、正しい判断と言えると思う。

それに、常に将来皇帝《こうてい》の位に即《つ》く身であることを意識している皇子は、あそこで自分が逃《に》げ隠《かく》れした場合のイメージダウンも考慮《こうりょ》したのではないか。皇帝皇后両陛下の一粒種《ひとつぶだね》である彼の身に万一のことがあれば、皇国がどれほど混乱するかを考えれば、身の安全を図《はか》るのもそれはそれで正しい。けれど、我が身可愛《かわい》さに逃げた、などと誹《そし》る者は必ずいるだろう。

それらを考えあわせて、さらに彼自身の性質から、皆を守って闘うことを選択《せんたく》した。

ほんとに、皇子はえらいよ。

そして、君の言う通りだ。手を振ったり笑いかけたり、ほんの少しだけど触《ふ》れあったユールノヴァの人たちが、狂暴な魔獣に襲われるとか……ダメ絶対だよ。

「そのようなものが出没《しゅつぼつ》しましたら、微力《びりょく》ながらわたくしも、民を守るために力を尽くしとうございますわ」

ついつい盛り上がってしまい、そう宣言したエカテリーナだが。

「エカテリーナ」

ずしりと重みを感じるような声音《こわね》で呼ばれて、我《われ》に返った。すみませんなんか調子に乗りました。

アレクセイは席を立つ。エカテリーナの傍《かたわ》らに来て、妹の手を取った。

「私のエカテリーナ。私の妹、私の生命《いのち》、私の愛。お前は私の生命そのもの、お前の存在は私の心臓に等しいんだ。考えるも恐《おそ》ろしいが、もしも失われたなら、即座《そくざ》に私の鼓動《こどう》は止まるだろう」

「お兄様……」

すみませんシスコンお兄様、うっかりシスコンのスイッチを押してしまってすみません。

「お前はもともと病弱で繊細《せんさい》な子だ。それなのに、何かあれば我が身を顧《かえり》みず、危険に身をさらしてしまう。あまりにも気高い、最高の貴婦人としての気質を持っていることは理解している」

いえそれは妹を美化するシスコンフィルターです。今日も朝からめっちゃ高性能です。

「それでも……どうか、お願いだ」

そっと、アレクセイが妹の手を握《にぎ》る手に力を込めた。

「お前だけが生きるよすがの、愚《おろ》かな兄のことを考えてくれ。お前に危険が迫ることなど、考えただけで胸が震《ふる》える。もう二度と、誰《だれ》かを庇《かば》って自らを盾《たて》にするようなことはしないと……約束してほしい」

大丈夫《だいじょうぶ》です、そんなことはそうそうしません。学園での魔獣出現の時くらいです。

あ、でも魔竜王《まりゅうおう》様と遭遇した時も、傍目《はため》にはそう見えちゃったか。護衛騎士《きし》のオレグさんが、なんかえらい美化して報告してくれちゃったらしいし……。

いや、不可抗力《ふかこうりょく》だろうがなんだろうが、お兄様に何度も心配をかけてしまったことは事実。胸が震えるとか、お兄様に辛《つら》い思いをさせるなんて、ブラコンとして許されんぞ自分！

うん、平謝りで。

エカテリーナは自分の手を取る兄の手を、両手で包み込んだ。

「お兄様にそのようにご心配をおかけして、わたくし自分が許せませんわ。決して無茶《むちゃ》なことなどしないと、お約束いたします。どうかお心安らかに、今日の日を楽しんでくださいまし」

「ありがとう、私の女神《めがみ》」

アレクセイが微笑む。

「閣下、エカテリーナ様は私がお守りします」

決意の籠《こ》もった声で、フローラが言った。

「私が聖の魔力に目覚めたのは、エカテリーナ様をお守りするためでした。勉強はまだまだ途《と》中《ちゅう》ですけど、エカテリーナ様のことは、必ずお守りしてみせます」

「ありがとう。実に心強い言葉だ」

魔獣を撃退《げきたい》した実績を持つフローラの言葉は、アレクセイを安心させたようだ。表情が少し穏やかになった。

そんなアレクセイの向こうで、ミハイルが額を押さえているのが目に入って、エカテリーナは申し訳ない気持ちでいっぱいになる。

皇子、美辞麗句《びじれいく》スキルがお兄様に及《およ》ばないからって、気にすることはないからね！

こんなの使いこなせちゃったら、たぶんむしろ周囲が困惑《こんわく》するから！

朝食を終えて、四人は別邸の庭に出る。

狩猟《しゅりょう》大会の参加者たちが集まりつつあって、広い庭のあちこちで小さな固まりになって談笑《だんしょう》していた。四人が現れたのを目にして、おお、と声が上がる。人々は皆《みな》、笑顔《えがお》だ。

今日の狩猟に参加する者たちの多くは、歓迎《かんげい》の宴《うたげ》にも招待されていた。宴の招待者から、やや若い年齢層《ねんれいそう》、ミハイルが共に狩猟を楽しめるであろう面々に絞《しぼ》り込んだのだから当然だ。

彼らから、歓迎の宴での感激は、まだまだ消えていない。そして陽光の下であらためて見ても、四人は揃《そろ》って見目麗《みめうるわ》しい男女である。宴の時と違《ちが》って今日は狩猟のため、アレクセイとミハイルは凜々《りり》しい狩猟服、エカテリーナとフローラは動きやすいシンプルなドレス姿だが、それがむしろ若さを際立《きわだ》たせて爽《さわ》やかに感じられる。

参加者たちの表情には、称賛《しょうさん》と好意しかない。

とはいえ近付いては来ないのは、飼育係のイーゴリに連れられて現れた、威風堂々《いふうどうどう》たるユールノヴァの猟犬たちを恐れてのことかもしれない。

真っ先に四人に近付いてきたのはリーダー犬のレジナで、アレクセイの手に頭をすりよせた後、エカテリーナにもすりすりして、アレクセイを見上げる。以前、妹を守ってくれと言われたことを、覚えていると伝えているかのようだ。

他《ほか》の猟犬たちは、ミハイルとフローラを取り巻いて、尻尾《しっぽ》を振《ふ》っている。

二人と猟犬たちは、昨日のうちに引き合わせ済みだ。強い魔力を持つ人間に服従する性質を持つ猟犬たちは、二人が少しだけ魔力を発動すると、たちまち従った。特にフローラは、彼らにモテモテだった。

中でもメロメロになっていたのが、黒みの強い毛並みを持つ、ひときわ大きな雄《おす》。女王レジナに次ぐ序列二位のサブリーダーだそうだが、フローラにしつこいほどじゃれついたあげく、寝《ね》ころがってお腹《なか》を見せる事態になった。かっこいい猟犬がヘソ天状態になると、いたたまれないほどあられもない。

お腹の面積の広さに、ムートンのラグマットかお前は、とつっこみながらも、思わずフローラと一緒《いっしょ》にしゃがみこんで、ふわふわの腹毛を堪能《たんのう》してしまったエカテリーナであった。

黒い雄、レクスはレジナの伴侶《はんりょ》なのだそうだ。

レクスはヘソ天で美少女二人に存分にお腹を撫《な》でてもらった後、レジナにしばき倒《たお》されていた。

そういう経緯《けいい》がありながら、レクスは今日もフローラの横をキープしている。懲《こ》りない性格なのだろう……というのもありつつ、黒みの強い毛並みは魔獣《まじゅう》の血が濃《こ》く出たことを示すのだそうだ。

魔竜王ヴラドフォーレンによれば、フローラが持つ聖の魔力は、魔力を循環《じゅんかん》させ和《やわ》らげるとのことだった。それが心地《ここち》好《よ》いのかもしれない。

とはいえ今日はレクスも、昨日ほどのデレデレぶりではない。狩猟大会は、猟犬である彼らの本業。晴れ舞台《ぶたい》といえる。猟犬たちは皆、出番であることを理解して、目を輝《かがや》かせているようだ。思わず彼らの頭上に「オレはやるぜオレはやるぜ」という、味のある手書き文字を幻視《げんし》してしまうエカテリーナである。

そんな様子を見つめる狩猟参加者たちの目には、さらなる感嘆《かんたん》と、畏怖《いふ》の念があった。この美しい若者たちは、ユールノヴァの猟犬をやすやすと従えるほど、強力な魔力の持ち主なのだ。

と、そんな四人に歩み寄る者が現れた。

「やあ、ノヴァク伯《はく》。それに、カイル卿《きょう》。今日はよろしく」

ミハイルの方から声をかけると、ノヴァク、それに鉱山長のアーロンが一礼した。

アーロンももちろん、歓迎の宴でミハイルに挨拶《あいさつ》している。しかし宴でミハイルが挨拶を交《か》わした人々の人数を考えると、顔と名前、さらに身分まで記憶《きおく》しているのはさすがの一言だ。

アーロンの実家カイル伯爵家《はくしゃくけ》は、富裕《ふゆう》で有力。そして鉱山長という重要職だから、ノヴァクと同様に予習済みだった可能性はあるが、それはそれで十六歳の少年とは思えない用意周到《よういしゅうとう》さである。

「絶好の狩猟日和《びより》となり、なによりと存じます」

「勢子《せこ》を務める村人たちが、今日は獲物《えもの》の気配が多いと話していたそうです。期待が高まりますね」

そう話すノヴァクとアーロンも、狩猟服姿。大会の参加者である。二人ともいつも文官らしい服装だから、印象が変わって見える。特に学者のような風貌《ふうぼう》のアーロンはインドア派のイメージだったが、きりりとした狩猟服姿は意外なほど似合っていた。

「お嬢様《じょうさま》、チェルニー嬢。ご婦人方が過ごす渓谷《けいこく》は、野の花が盛《さか》りの頃《ころ》です。散策をお楽しみください」

男性陣《じん》が狩猟を楽しむ間、女性たちは猟場から少し離《はな》れたところにある渓谷で過ごす。豊かな緑の中に美しい滝《たき》があり、それが望める開けた広場に天幕を張って、テーブルや椅子《いす》を並べてお茶やお菓子《かし》を嗜《たしな》みつつ、景色を愛《め》でたりおしゃべりに興じたりして楽しむのだ。

ピクニックもしくは、前世で流行《はや》りだった豪華《ごうか》なキャンプ、グランピングみたいな感じですかね？　グランピングなんて行ったことなかったけど。

「ありがとう存じますわ、アーロン卿。狩猟にも堪能でいらっしゃるとは、意外ですこと」

「アイザック博士のフィールドワークにご一緒すると、食料を現地調達することもよくありますから。練習のつもりで、こういう狩猟にも参加するようにしています」

皇子殿下《でんか》が主賓《しゅひん》の狩猟大会を練習呼ばわり……いやこの大会自体ではなく、こういった大規模な狩猟への参加が練習だと言いたいのは解《わか》りますけどね。

五男とはいえ伯爵家のご子息なのに、食料を現地調達……ウサギとか獲《と》って大叔父《おおおじ》様に食べさせたりするの、助手のお仕事に含《ふく》まれていたのか。アーロンさん相変わらず、アイザック大叔父様への愛が沼《ぬま》。

「エカテリーナはカイル卿と親しいんだね」

アーロン卿、という呼びかけを聞いたミハイルが言う。ちなみに「卿」は皇国では、下位貴族や貴族の子息への尊称である。状況《じょうきょう》にもよるが、姓《せい》につける場合も名につける場合もある。

「私がアーロンと呼ぶのを真似《まね》て、この子も名を呼ぶようになったようです」

アレクセイが補足する。そこはかとなく嬉《うれ》しそうだ。

「そういえば、私がアーロンたちを名で呼ぶのも、祖父セルゲイがそうしていたためでした。思わぬところが繋《つな》がっているものだな、エカテリーナ」

兄の言葉に、エカテリーナは少し驚《おどろ》き、すぐ納得《なっとく》した。確かに、執務《しつむ》室常連の幹部たちのうち、アーロン、ハリルなど若手をアレクセイは名前で呼んでいる。若手といってもアレクセイよりははるかに年上であり、アレクセイは部下を名前で呼ぶほどくだけた性格ではないから、考えてみると不思議なことだ。それも、祖父からきているのであれば、納得できる。

「そうだったのか。それは素敵《すてき》な話だ」

ミハイルが微笑《ほほえ》んだ。

「お祖父《じい》様、先帝陛下《せんてい》は、たびたびセルゲイ公と狩猟を楽しまれたそうだ。僕らもこれから、そうしていきたいね。今日は楽しもう」

アレクセイとミハイルを始めとする狩猟大会の参加者たちは、それぞれ馬上の人となって、猟場へと向かっていった。

ミハイルが乗っているのは、ユールノヴァ家の馬だ。名馬ぞろいのユールノヴァ城の廐舎《きゅうしゃ》の中でも、最も優《すぐ》れた駿馬《しゅんめ》である。ミハイルも当然自分の愛馬を持っているが、皇都から大河セルノー河を快速船で遡《さかのぼ》ってきたため、連れてくることはできなかったのだ。

「良い馬だね」

馬と引き合わされた時、ミハイルは微笑んで言った。如才《じょさい》のない台詞《せりふ》はいつも通りのようだが、目の輝きに本当の喜びが表れている。

実際、見るからに見事な馬だった。均整がとれた体軀《たいく》はすらりとして見えながら、たくましく力強い。美しい栗毛《くりげ》の馬体は完璧《かんぺき》に磨《みが》き上げられていて、鏡のようにつややかだ。歩くたびにうねる筋肉の動きまで、しなやかで美しい。たてがみもきれいに編み込まれていて、皇子殿下が騎乗《きじょう》するこの馬を、馬丁たちが細心の注意を払《はら》って仕上げたことがうかがえた。

「アレイオンには及びもつきませんが」

アレクセイが言った言葉で、エカテリーナはぴんときた。アレイオンというのはミハイルの愛馬の名前だろう。

この栗毛の名馬さえ及《およ》びもつかないほどの存在。ミハイルの愛馬アレイオンは、クルイモフの魔獣馬に違《ちが》いない。

皇子！　お兄様に魔獣馬を贈《おく》ってくれるよう、クルイモフ伯爵にプッシュして！

思わずミハイルに念波を送るエカテリーナであった。

アレクセイが乗ったのは、こちらも引けを取らないほど見事な黒馬。やや大きい馬体が、長身のアレクセイにふさわしい。

先頭を進む若き貴公子たちの後に、ノヴァク、アーロンら臣下たち、狩猟《しゅりょう》大会参加者たちが続いていった。彼らの馬も、なかなかのものだ。皇子殿下と共に参加するこの催《もよお》しのため、念入りに手入れをしてきたことだろう。中には、このために新たな馬を買い入れた者もいるかもしれない。

ふとエカテリーナは「馬揃《うまぞろ》え」という言葉を思い出した。前世の戦国武将が、配下を集めて馬や軍装をチェックした、催しのことである。

織田信長《おだのぶなが》が、大々的な軍事パレード状態で京都の街を練り歩いたのが有名だ。山内一豊《かずとよ》という武将が、奥さんが渡《わた》してくれた彼女の持参金で名馬を買って、その馬が信長の目に留まって取り立てられたとかなんとか。

まあその山内一豊が、のちのち土佐の藩主《はんしゅ》になって、土着の長宗我部氏の郎党《ろうとう》たちの反抗《はんこう》に手を焼き、彼らに対して差別的な藩政を始めてしまったわけだけれども。

車が登場する前の時代、馬は本当に重要な存在だったんだなあ。

狩猟大会の参加者はほぼ男性だったが、一人だけ女性が交じっていた。きりりとした乗馬服に身を包み、背筋を伸《の》ばして馬を進めていく凛々《りり》しい女性は、公爵家の老執事《ろうしつじ》ノヴァラスのひ孫姉弟《きょうだい》の姉だ。

祖母アレクサンドラの時代には隠《かく》していたが、実は乗馬が大好きなのだそうで、狩猟もこっそりたしなんでいたらしい。隠していたのはアレクサンドラが乗馬好きな女性を嫌《きら》ったからで、アレクサンドラが乗馬好きな女性を嫌ったのは、自分を軽《かろ》んじる皇后マグダレーナが乗馬を好む女性だったからだ。やたら堂々と八つ当たりをしていたようなものである。

ほんっと、ロクなことしないなババア。

この世界この時代、乗馬服でも女性はスカート。馬にまたがるのではなく、横乗りといって横向きになって乗る。鞍《くら》もそれ用に作られたものを使う。

その乗り方で狩猟にまで参加できるというのは、かなりの技量だろう。

エカテリーナもフローラも、馬には乗れない。エカテリーナは乗馬を習いたいとアレクセイにねだったことがあるのだが、まず身体《からだ》に合った鞍を作ってからでなければと教えてもらって、注文した鞍の出来上がりを待っている状態だった。

そして、習い始めてもおそらく彼女は、狩猟に参加できるほどにはならないであろう。

「猟果をお祈《いの》りいたしますわ。でもなによりお気をつけて、お怪我《けが》などなさらないでくださいましね」

エカテリーナはアレクセイとミハイルにそんな言葉をかけて、狩猟参加者一同を見送ったのだった。


そして女性たちは、グランピング会場、ではなく渓谷へ馬車で移動する。

渓谷まで馬車道が拓《ひら》かれており、道の周囲は圧倒《あっとう》的な緑だ。白樺《しらかば》だろうか、樹皮が白く葉は爽《さわ》やかな翠緑《すいりょく》、という木々が多く、目に心地《ここち》好《よ》い。

到着して馬車を降りたとたん、フローラが目を見開いた。

「素敵……！」

いつも慎《つつ》ましい彼女が、こんなに声を上げるのは珍《めずら》しい。しかしエカテリーナも一緒《いっしょ》に歓声《かんせい》を上げていた。

マイナスイオンー！

と、叫《さけ》んだわけではないが。

話に聞いていた滝は思いのほか大きく、どうどうと音を立てて滝壺《たきつぼ》へ流れ落ちている。周囲には白樺、そして滝壺の周辺が拓けた広場になっていて、いくつかの天幕が張られ、白い瀟洒《しょうしゃ》なテーブルと椅子が並べられていた。

滝壺から流れ出す清流の岸辺には、アーロンが言っていた通り、山野草の花々が色とりどりに咲き乱れている。

そこに漂《ただよ》うのは、森の香《かお》り、滝の涼気《りょうき》。

身体に染《し》み入ってくるようだ。

前世で観光した、青森の奥入瀬《おいらせ》渓流《けいりゅう》を思い出す。あの場所に似た、緑と清流の美景。

「こんな風景、生まれて初めてです。なんて美しいんでしょう！」

皇都で生まれ育ったフローラにとっては、本当に新鮮《しんせん》な風景に違いない。この世界にはテレビも写真もないのだから。

皇都にも緑豊かな公園があって、木陰《こかげ》でお昼を食べたりしてピクニックもどきをすることはあるそうだ。けれど、こんな天然自然の風景とは全然違うだろう。

前世では、実際に行ったことがなくても、有名な観光地ならその景色はテレビの旅番組やガイドブック、SNSにアップされた写真で見たことがあるのが普通《ふつう》だった。

この世界では、体感するまで、実際に目にするまで、その景色を見ることはできない。見るすべはない。そう考えると、情報があふれかえっていた前世は、すごい時代だった。

写真が発明されてから、たぶん二百年くらい。

人類史で考えればごく短い期間で、人間の暮らしはなんて変わったんだろう。

「本当に素敵ですわね。今日はきっと楽しい一日になりますわ。それにここには、猟場の歓声や角笛の音が聞こえてくるそうですの。お兄様やミハイル様のご活躍《かつやく》を、感じ取ることができれば嬉《うれ》しいですわ」

ノヴァク夫人アデリーナと娘《むすめ》のマルガリータが挨拶《あいさつ》に来て、四人で同じテーブルを囲んだ。

メイドのミナが茶を淹《い》れ、茶菓子《ちゃがし》を運んでくる。

いくつかの菓子が盛り合わせになっている皿を見て、アデリーナが目を輝《かがや》かせた。

「まあ嬉しい！　この素敵な薔薇《ばら》のクッキー、先日の宴《うたげ》で気になっていたのに、おしゃべりに夢中になってしまって食べられなかったのですわ。焼き菓子も素敵で……このように色とりどりにできるなんて、公爵《こうしゃく》家のシェフはさすがですわね」

「ユールノヴァ城のシェフと、皇都邸《てい》のシェフとで、腕《うで》を競《きそ》い合っておりますのよ。城の料理長は、これらのお菓子でミハイル様にお褒《ほ》めをいただいて、鼻高々で皇都へレシピを送っておりましたわ」

エカテリーナは微笑む。

始まりはエカテリーナがユールノヴァ城の料理長に、皇都でおこなった略式ガーデンパーティーで好評だった、薔薇の形をしたクッキーと同じものをミハイル歓迎《かんげい》の宴で出してはどうかと提案したことだった。

それで、城の料理長らシェフたちの対抗心にボボボッと火がついてしまったらしい。

ユールノヴァ城は公爵家の本邸。

が、皇都公爵邸は毎年の行幸で皇室一家をお迎《むか》えして昼食を供しており、その点では本邸以上の格とも見なされる。特に料理は、皇都の方が上だと。

ゆえに今回の皇子殿下《でんか》来訪に際して、城の料理長は皇都邸の料理長と手紙をやりとりして情報収集しつつ、内心では『皇都を超《こ》えてやるぞお！』と燃えていたようだ。

そんなわけで、皇都公爵邸で出されたものよりもずっと素晴《すば》らしい薔薇クッキーを作り出してお嬢様《じょうさま》、そして皇子殿下に驚《おどろ》いていただこう、とシェフたちは工夫《くふう》と試作を重ねまくった。

かくして出来上がったのは、驚くほどリアルな薔薇の形をしたクッキーだ。造花のように生《き》地《じ》から花弁を一枚一枚作って貼《は》り合わせて焼いた、手の込んだもの。歓迎の宴では本物の薔薇を取り混ぜて並べられ、青い蝶《ちょう》の細工物が飾《かざ》られて見る目にも美しく、招待客たちから称賛《しょうさん》を浴びた。

さらに薔薇の形をした焼き菓子も作り、それには赤や黄色など、とりどりの色をつけることに成功して、見事にミハイルの目に留まって褒め言葉を賜《たまわ》ることになったのである。料理長は感涙《かんるい》にむせんでいた。

もちろんエカテリーナも、事前の試食で言葉を惜《お》しまず褒め称《たた》えている。ただ……クッキーの味は、皇都バージョンの方がサクほろで美味《おい》しいと思うのは、言わずにおいた。おそらく料理長も、分かっているだろうし。

ともあれ、こういう健全なライバル関係は良いものだ。これを受けて、皇都邸のシェフがどんな菓子を繰《く》り出してくるか、楽しみである。

なお、フローラに教えてもらったチェルニー男爵夫人のアップルパイは、料理長も白旗を上げてレシピに手を加えずそのまま作った。最強レシピであった。

そのアップルパイも、小さめに切り分けられて今日の菓子皿に載《の》っている。

皇子殿下歓迎の宴にしては、女性が主賓《しゅひん》であるかのようにスイーツに力が入っていたのは、近年ユールノヴァ領の特産に加わった、甜菜糖《てんさいとう》にちなんでのことだ。

それを考えると、ミハイルが菓子を褒めたのも、ユールノヴァが砂糖生産に成功したことを皇室が評価していると、暗に伝えたのかもしれない。他国からの輸入に頼《たよ》っていた砂糖を、皇国内で生産できるようになったのは、祖父セルゲイの大きな功績のひとつだ。

深読みが過ぎるかもしれないけど、皇子ならあり得ると思う。ほんと、すごい十六歳だわ。

お兄様は皇子のあれ、どう解釈《かいしゃく》したかしら。あとで聞いてみよう。

美しい自然の中で、可愛《かわい》い菓子をつまみながら、女性たちは会話を楽しんだ。

ノヴァク家の母娘《おやこ》が相手だから、ノヴァクが最初の話題になる。アデリーナ夫人は時々扱《あつか》いが雑になる割に、今でも夫にベタ惚《ぼ》れらしく、執務《しつむ》室でのノヴァクがいかに頼りになるかを聞いてきゃっきゃと喜んでいた。隣《となり》で、娘マルガリータが苦笑《くしょう》している。

そういえば、皇都でアレクセイと共に食事をとったレストランで、祖父セルゲイがノヴァクとアデリーナの間を取り持ったという話を聞いたのだった。

「懐《なつ》かしいお話ですわ。セルゲイ公にはどれほど感謝しても足りません。本当に気さくでお優《やさ》しい、素晴らしいお方で」

アデリーナ夫人は顔を赤らめつつ楽しそうだ。娘の方を向く。

「お父様はあの頃《ころ》から本当に、愛想《あいそ》はないけれど素敵《すてき》な方だったのよ～」

「はいそうですわね」

慣れきった様子で母の惚気《のろけ》を流すマルガリータ。

そして彼女は、控《ひか》えめにしているフローラに顔を向けた。

「チェルニー様のご家族も、セルゲイ公とご縁《えん》がおありだったとか」

「よくご存知ですね」

フローラは紫水晶《むらさきずいしょう》色の目を見張る。彼女の養父母チェルニー男爵夫妻は若かりし頃、魔法《まほう》学園で祖父セルゲイの同級生だった。さらに、卒業前日に祖父の手引きでかけおちしたそうなのだが、それをなぜマルガリータが知っているのか。

「皇都公爵邸で、学園の方々にお話しになりましたでしょう。素敵なお話ですもの、すぐに手紙で伝わってまいりましたわ」

……確かに。皇都公爵邸での略式ガーデンパーティーで、その話をしたような。かけおちはともかく、祖父の級友だったことは話したはず。

しかしマルガリータさん、やっぱり情報通。

「そのようにご縁のあるご令嬢が、お嬢様の親友でいらっしゃること、臣下として嬉しい気持ちですわ」

「私もとてもありがたく思っています。末長くお側《そば》に居られたら、と思っているんです」

頬《ほお》を染めてフローラが言うと、母娘の目がきらっと光った。フローラの将来の希望——エカテリーナの侍女《じじょ》になりたい——をこれだけで汲《く》み取ったようだ。

地位の高い貴婦人の侍女は、時として強い実権を握《にぎ》る。

「チェルニー様はお嬢様のお側にふさわしい方。わたくしどもも、親しくお付き合いさせていただければ嬉しゅうございますわ」

「ありがとうございます。光栄です」

母娘とフローラは、しっかりと目を合わせて言う。

何かの同盟が誕生したらしい。

遠くから時折、歓声や猟犬《りょうけん》の吼《ほ》える声が聞こえてくる。予測の通り、狩猟《しゅりょう》は豊猟らしき空気感だ。

お兄様、怪我《けが》なんてしてないかしら。漆黒《しっこく》の名馬で猟場を駆《か》けるお兄様、きっと素敵だろうな。あー、お兄様が恋《こい》しいよう。

皇子も、念願の大角牛が獲《と》れるといいね。

「お嬢様？」

呼ばれて、エカテリーナは我《われ》に返る。いけないいけない。

「ごめんあそばせ。お兄様がご無事か、気になってしまいましたの」

「本当に仲が良くていらっしゃるのですね」

微笑んだのは、未亡人ゾーヤである。

この渓谷《けいこく》に来ている女性たちは狩猟大会参加者の家族だが、彼女は違《ちが》う。狩猟の方に参加したノヴァラス家の一刀両断な姉は当初こちらに来る予定だったが、宴でエカテリーナの人柄《ひとがら》を知り、祖母アレクサンドラと違って乗馬好きな女性を嫌《きら》ったりはしないと見定めて、嬉々《きき》として狩猟参加に希望を変更《へんこう》した。その空きにマルガリータがゾーヤを誘《さそ》ったのだ。

挨拶に来たゾーヤをエカテリーナが引き止めて、同じテーブルについてもらったのには、下心があった。

「ゾーヤ様は、こちらをどう思われまして？」

エカテリーナが尋《たず》ねたのは、テーブルに並べた木製の優美な食器について。森の民《たみ》の居住地に泊《と》めてもらった時、長《おさ》アウローラから贈《おく》られたものだ。

ゾーヤが嫁《とつ》いだ先は、ユールノヴァ最大の商会を経営する家。爵位《しゃくい》はないが歴史は長く、きわめて富裕《ふゆう》だ。そして、商品を見極《みきわ》めることに優《すぐ》れているはず。

「わたくしは、商売のことはまだまだですが……」

そう言ったものの、ゾーヤは食器を手に取って、真剣《しんけん》な眼差《まなざ》しでためつすがめつした。

「美しいと思います。強度もしっかりしているようですわ。ただユールノヴァでは、木製の食器は上流階級では好まれません。木材が容易に手に入る土地柄ですので、貧しい人々が使うもの、古い時代に使われていたもの、というイメージが強いのです」

「ああ……そうですのね」

納得《なっとく》できる話に、エカテリーナはちょっと落胆《らくたん》しつつうなずく。

「ですが……もしかしたら、今は好機かもしれません」

ゾーヤの口元に笑《え》みが浮《う》かんだ。

「皇子殿下の歓迎の宴《うたげ》から、伝統的なものが脚光《きゃっこう》を浴びようとしています。古いものをそのままではなく、洗練された形に改良され、かつ伝統を感じさせるもの。そういうものを、皆様《みなさま》が求める流れが生まれようとしている……あの時、わたくしはそう感じました」

「ゾーヤ様、それでは！」

「亡《な》き夫が申しておりました。流れは、摑《つか》み、乗ることで大きくするものだそうです。ただ見ているのではなく、巻き込み育てるものだと。しっかりと手を打てば、大きく育てることができるかもしれません」

「一緒《いっしょ》に取り組んでくださいまして？」

わくわくして言ったエカテリーナに、ゾーヤは表情を引き締《し》めた。

「まだ懸念《けねん》がございます。食器というものは、セットである必要があります。また、大きさや形が不揃《ふぞろ》いではいけませんわ。これを作った職人が、均一のものを多数作れるかどうかが、商品として売れるかの要点になることでしょう」

「ごもっともなお言葉ですわ……」

森の民が数をたくさん作るのは難しいかも。うん、生産可能個数は事前に確認《かくにん》しておかなければ。フォルリさんが戻《もど》ってきて、噴火《ふんか》に関する報告や対処が一段落したら相談して、アウローラさんに連絡《れんらく》をとってもらって……。

ううう、アウローラさんに直接連絡する方法ないかなあ。

「ご懸念の点を確認できましたら、ご連絡いたしますわ」

「ぜひ、お待ちしております」

ゾーヤさん、何もしなくても商会の権利と収入が保てるように旦那《だんな》さんが手配してくれたらしいけど、息子《むすこ》さんが大きくなるまで、商会代表の中継《なかつ》ぎとしてできることは頑張《がんば》りたいそうだ。

元社畜《しゃちく》として、働く女性は応援《おうえん》したいです。うまくいきそうだったら、ユールノヴァ領での森の民の木製食器販売《はんばい》は、ゾーヤさんにお任せしようかな。

でも過労死には気をつけて！

などという出来事が午前中にあり、軽く昼食をとった後、エカテリーナはフローラと周囲を散策することにした。

「お嬢様《じょうさま》、お気をつけて。この辺りには悪戯《いたずら》者の小妖精《しょうようせい》が現れて、人を困らせて楽しむことがあるそうですわ」

アデリーナ夫人にそう言われて、ついついエカテリーナはむしろテンションが上がる。

小妖精って、シェイクスピアの『夏の夜の夢』に出てくるパックみたいな？

ちょっと見てみたい！

とは思ったものの、悪戯されてアレクセイに心配をかけるわけにはいかないので、エカテリーナとフローラは滝《たき》が視界に入る範囲《はんい》内で、近辺を散策することにした。

ミナは、よきメイドらしい距離《きより》感《かん》で、少し後からついて来る。

滝壺《たきつぼ》から流れ出す清流に沿って続く、小径《こみち》をたどった。

小径の両脇《りょうわき》は、名も知れぬ野生の花々で彩《いろど》られている。白い一重の花は野薔薇《のばら》だろうか。青い小さなベル形の竜胆《りんどう》に似た花、鮮《あざ》やかなオレンジ色の百合《ゆり》、前世の待宵草に似た、淡《あわ》い黄色の花々。

「きれい……整えられた庭園とは違う美しさがありますね」

「森にあってこそ美しい花ですわね。でも、なんて可愛《かわい》いお花……あら、きれいな蝶々《ちょうちょう》が」

もの珍《めずら》しさでついつい目についたもののところまで足を延ばして、はっと振《ふ》り返って滝が見えることを確かめる。それを繰《く》り返すうちに大体の距離感がわかったので、小径の分かれ道で渓流から離《はな》れる方を試《ため》してみた。

「エカテリーナ様、きのこが並んでいます。可愛い模様ですね」

「本当に……水玉模様なんて、不思議ですこと」

赤地に白の水玉、ザ・きのこという感じの三角形の笠《かさ》。七人のこびとの置物に添《そ》えられていそうなくらいファンシーなきのこが、行列している。エカテリーナとフローラが進む小径は、その行列を貫《つらぬ》いて延びている。

「あら、あの鮮やかな赤は花かしら、それとも実かしら」

「どちらでしょう。きれいな色ですね」

それで二人はきのこの行列を越《こ》えて、赤い花か実らしきもののところへ行ってみた。

「実のようですね。つやつやしていてきれい。初めて見ました」

「そ……そうですわね、わたくしも……初めてですわ」

灌木《かんぼく》を覆《おお》うばかりに伸《の》びた草にたくさん生《な》っている実を凝視《ぎょうし》しつつ、エカテリーナはなんとかフローラに応《こた》える。嘘《うそ》ではない、今生では生っている状態でこの実を見たのは初めてだ。

けれど前世では、さんざん見たし食べた。

いちごだよ！

それも大きくて色鮮やかでつやつやな、前世日本で品種改良の末に生み出されたもののような、すごく美味《おい》しそうないちご。おそらくこの世界のいちごとは、大きさや色合いが別物。

前世日本人として、エカテリーナはいちごが好きだ。日本のいちご消費量は世界一、各都道府県で品種改良に取り組みそれぞれの推《お》しいちごがある状態、特に栃木のとちおとめと福岡のあまおうが覇権《はけん》を争って、仁義なきいちご大戦争（個人のイメージです）を繰り広げていた。いちごが嫌いな日本人はあまりいない。あらためて考えるとなぜあんなに、みんな大好きだったのか。

食べたいけど……。

大丈夫《だいじょうぶ》か？　こんなところに生えているんだから、野生なわけで。見た目がどんなに似ていても、きっといちごじゃないんだろう。

美味しそうだけど、毒性がないとは言い切れないし。美味しそうだけど、公爵令嬢としてその辺の草の実を食べるのって、品位に欠けるとかって話になっちゃうんじゃ――。

「エカテリーナ様、これ、とっても美味しいです！」

ちょ、フローラちゃん！

「フローラ様、危険ですわ！」

「大丈夫です。低いところの実は動物が食べているみたいですから、毒ではないと思います」

「でも……」

「どうぞ。この実はよく熟《う》れていますよ」

にっこり笑って、フローラがエカテリーナの口元にいちご（仮）を差し出す。

……私が食べたそうに見てたから、毒味《どくみ》してくれたんだよね……駄目《だめ》だよ危ないことをしちゃ……。

しかしこれは、あーん、なのかしら。叱《しか》られないように、口封《くちふう》じかしら。

美少女は口封じも可愛いな。

エカテリーナはそっと口を開け、いちご（仮）をぱくんと食べた。

甘い！

もう、いちご（確定）だよこれは。前世と同じくらい甘くてジューシー。

いや、肉体が違《ちが》うから前世とちょっと味覚が違う可能性はあるけど。前世ほどの糖度はないのかもしれないけど。

今生で食べたすべての果物の中で、一番美味しい。

「本当に美味しゅうございますわね」

微笑《ほほえ》んで、エカテリーナもとりわけ赤く熟れた実を選んで摘《つ》み取った。

「フローラ様、どうぞ」

悪戯っぽく差し出すと、フローラも笑顔《えがお》で口を開ける。

お互《たが》いに食べさせあって、少女たちはくすくす笑った。

そうだ、ミナにも食べさせてあげよう。

そう思ってまたいちごを摘み、エカテリーナは振り返って、ミナの姿を探す。が、見当たらない。

あれ？

「ミナ？」

呼んでも現れない。常にエカテリーナの側《そば》を離れないはずの、忠実無比な護衛兼《けん》メイドのミナが。

はっとして、エカテリーナは辿《たど》ってきた小径の先を見る。木立に隠《かく》れて見えないが、すぐ近くに滝があるはず。

なのに、耳を澄《す》ましても、滝の音が聞こえない。

「フローラ様！」

あわててフローラの手を取り、エカテリーナは小径を引き返す。しかし。

川に出てしまった。

エカテリーナとフローラは立ちすくむ。なぜならその川は、滝壺から流れ出していた浅瀬《あさせ》ではなく、それなりの幅《はば》と深さのある淵《ふち》だったので。

——やられた。

「ここは、一体……」

「どうやら、小妖精にたぶらかされてしまったようですわ」

ふと思いついて、もう一度振り返る。さっきのファンシーなきのこが見当たらない。

あれが、妖精の輪《フェアリーリング》的なものだったのではないか。リング状に同種のきのこが生えて、その中に足を踏《ふ》み入れると妖精の国に行けるという、異界への入り口。

まさしく妖精の悪戯……輪っかになっていたら踏み込まなかったのに、行列とは卑怯《ひきょう》なり。

で、じゃあここは、妖精の国!?

帰れないの!?　ヤバい！

あ……さっきのいちご。異界でそこの食べ物を食べたら戻《もど》れなくなるってセオリー、ギリシャ神話でも日本の神話でも……。

どどど、どうしよう!!

「エカテリーナ様、聞こえますか」

パニックに陥《おちい》りかけていたエカテリーナは、フローラに手を引かれて我《われ》に返った。

耳を澄ましてみると、聞こえてくるのは——犬の吠《ほ》え声、歓声《かんせい》。

狩猟《しゅりょう》大会の猟場！

てことは、ここは妖精《ようせい》の国じゃない。ただどこかへ、移動させられただけってことだ。

「それほど遠くへ連れて来られたわけではないようですわね」

よかった……二度とお兄様に会えないとか言われたら、寂《さび》しくて死んじゃう。

お兄様だって私が行方《ゆくえ》不明なんてことになったら、大変だよ。妖精を絶滅《ぜつめつ》させちゃったりしそう。

「どうしましょう。川を辿ってみますか？」

「いえ、ここで迎《むか》えを待つことにいたしましょう。滝《たき》の上流か下流かわからないのですもの。待っていれば、きっとミナが見つけてくれますわ」

うん、お兄様のシスコンに感染《かんせん》したかのようなミナだもの、来てくれる気しかしない。

というわけで、悪役令嬢《れいじょう》とヒロインですが、サバイバルします。

前世ではインドア派で、山ガールとかだった経験はないけれど、時々あった遭難者《そうなんしゃ》が奇跡的《きせき》に生還《せいかん》した話の報道で、遭難した場合はその場から動かないのが鉄則だと知っている。

いや今回は、遭難したわけではないけども。

特にここは、水があり、食料となるいちごがある。

ミナは必ず見つけてくれるとしか思えないけれど、GPSで居場所を特定してもらえるわけでもないのだし、長期戦にも耐《た》えられる場所から動かないにこしたことはない。

川沿いというのも、見つけやすいポイントだろう。

とりあえず、エカテリーナとフローラは川のほとりへ行ってみた。

さきほどまで居た滝の近くとは違って、このあたりの川岸は岩場になっている。川幅《はば》は、四、五メートルくらいありそうだ。向こう岸のあたりは深そうな淵になっていて、こちら側は浅瀬。澄みきった水に陽光が射《さ》し込んで、浅瀬にたゆたう魚はもちろん、川底に落ちる魚の影《かげ》まで、はっきりと見える。

「きれいですね」

「本当に」

状況《じょうきょう》を考えると呑気《のんき》なようだが、焦《あせ》っても仕方がない。むしろここは落ち着いて、この場所で過ごす時間をできるだけ楽しむべきなのだろう。

だったら……人目がない今だからできることに、チャレンジしたい！

「フローラ様、はしたないとお思いかもしれませんけれど……わたくし、この美しい流れを見た時から、やってみたいことがありましたの」

「どんなことでしょう」

「この流れに、足を浸《ひた》してみたいのですわ」

水場だもん、水遊びしたい。

泳ぐとか水かけっことかは無理でも、せめて足を水につけるくらいはしたい。

公爵《こうしゃく》令嬢は、普段《ふだん》はそれすらできないんだよね……。

ちょっと遠い目になるエカテリーナである。

それをどう見たのか、フローラはすぐさま、大きくうなずいたのだった。


靴《くつ》を脱《ぬ》いで、靴下というかストッキングを脱ぐ。

この世界にもストッキングは存在する。パンストではなくガーターで留めるタイプ。なので、着脱《ちゃくだつ》時はちょっとしたセクシーショットになってしまう。

でもまあ、誰《だれ》も見ていないからいいだろう。

これはこの世界に来てから知ったのだけど、ガーターは元は男性用品だったそうな。考えてみれば、前世でも中世ヨーロッパで足にぴったりしたタイツを着用していたのは、男性だった。カボチャのようなちょうちんパンツとぴったりタイツの肖像画《しょうぞうが》とか、よく見たような。

その辺のファッション史はこちらの世界も同じで、ユールノヴァ家の肖像画の間で見たご先祖様には、そういう格好の方もいた。

ストッキングと言っても、この世界のものは前世ほど薄《うす》くはないし、伸縮性《しんしゅくせい》に優《すぐ》れてもいない。けれど、公爵令嬢エカテリーナが使用しているものは、かなり前世に近いクオリティだ。そのうえ丈夫《じょうぶ》で、滅多《めった》に伝線したりはしない。すごく高価だけれど。

これは、他国に棲《す》む魔物《まもの》が作ったものだそうだ。自分で糸を吐《は》いて、その糸で編むらしい。前世のゲームか何かで蜘蛛《くも》から女性の上半身が生えたような、アラクネという名前のモンスターが出てきたけれど、そういう魔物なのかもしれない。「ストッキングを編む魔物」ってちょっとクスッとなったりするけど、この世界では、魔物も実直に生計を立てているんだなあ。

フローラも、今は同じものを身につけている。フローラに合わせて仕立て直したドレスと一緒《いっしょ》に、そういう小物も届けたので。値段を教えたら使ってくれないに違《ちが》いないので、しれっと渡《わた》した。

とにかく、陽光の下でスカートをふともももまで捲《まく》り上げてガーターからストッキングをはずす、という非日常な行為《こうい》をおこなって素足《すあし》になると、エカテリーナはスカートをたくし上げて浅瀬に駆《か》け込んだ。

きゃっと叫《さけ》ぶ。冷たい！

フローラも追いかけてきて、ぱしゃぱしゃと浅瀬に踏み込むと同じくはしゃいだ声を上げた。

きらきらと陽光輝《かがや》く水面《みなも》に、少女たちの歓声が響《ひび》く。

「とってもちっちゃなお魚が、たくさんいます！」

「きゃっ、何か動きましたわ！　まあ、カニ？　いえ、エビかしら！」

ザリガニかもしれないそれを、エカテリーナはガン見する。いざという時、食料になるかもしれないので。

あ、でも、火を通さないと寄生虫とかで駄目《だめ》だったかな？

身の危険を感じたのか、エビもしくはザリガニは、素早く岩の下に潜《もぐ》り込んでいった。

ひとしきりはしゃいで満足した二人は、川岸の大きな岩に腰《こし》をかけて休むことにした。座ると足先だけが水面につくくらいの高さの岩は、陽光に温められていて、川の水で冷えた身体《からだ》に心地《ここち》好《よ》い。

スカートの裾《すそ》がだいぶ湿《しめ》ってしまったので、乾《かわ》かすべく岩の上になるべく広げた。そんな風にすると、はしたなくもふくらはぎがほとんど見えてしまうが、誰もいないので気にしない。まばゆいほど白い足を惜《お》しげなく晒《さら》して、少女たちはくつろいでいる。

「少し、小妖精に感謝してしまいますわ。突然《とつぜん》移動させられたりしなかったなら、こんな風にはしゃいだりすることは、できなかったのですもの」

エカテリーナが言うと、フローラは嬉《うれ》しそうな笑顔《えがお》になった。

「よかったです。領地でのエカテリーナ様は、学園にいる時以上に大人に見えて、公爵家の女主人にふさわしいふるまいを心がけていらっしゃるようなので……。そういうお姿も素敵ですけど、同い年なのに、夏休みにお役目を果たすばかりなのは、やっぱり心配になってしまって」

優《やさ》しい言葉に、エカテリーナはほろりとする。ええ子や。

「ありがとう存じますわ。お兄様やミハイル様に比べればわたくしなど、たいしたことはしておりませんのに」

そう！　今生のラスボス、お兄様の過労死フラグを折る、という目標には程遠《ほどとお》い現状だもの。

むしろまだまだ精進《しょうじん》が足りん！

などと思っているエカテリーナに、フローラは優しい諦《あきら》めの視線を注ぐ。

「エカテリーナ様は、ご自分のことはお解《わか》りにならないんですね」

あれ？

似たようなこと、お兄様からも言われたことがあるような。いつだっけ。

眉《まゆ》を寄せて考え込んだエカテリーナをどう思ったのか、フローラは笑って立ち上がった。

「靴を取ってきますね」

フローラにお気をつけてと声を掛《か》けようとして、エカテリーナはふと川の対岸に目を留めた。

何かがきらりと光ったのだ。

金色。

前世の水牛のそれに似た、巨大《きょだい》な角。

黒い剛毛《ごうもう》に覆《おお》われた体軀《たいく》は、バッファローをもっと猛々《たけだけ》しくしたようだ。

あれは……。

──金角の大角牛。

巨大な魔獣《まじゅう》が、対岸からまっすぐに、エカテリーナを見据《みす》えていた。

目が合ってしまった。

ぞおっと寒気が走る。赤みがかった金色の目が、ギラギラとした狂気《きょうき》をたたえている気がして。いや全身から、瘴気《しょうき》のように異様な気が噴《ふ》き出しているような。

ふっ、ふっ、と荒《あら》い呼吸を繰《く》り返しているのが見て取れた。

角が金色なのは病気によるもので、苦痛にさいなまれているために凶暴《きょうぼう》。別邸《べってい》に飾《かざ》られていた金角を見たときに聞いた推測は、きっと正しい。
四、五メートルある川幅が、急に狭《せま》く思えてくる。大角牛は、シャレにならない大きさだった。先日騎士《きし》団と共に討伐《とうばつ》した単眼熊《たんがんぐま》より、はるかに大きい。
あの熊でも、推定体重は二百キロくらいあった。けれども目の前の大角牛は、あれより一回り、いやそれどころではないほど大きい。そういえば前世で好きだった農業漫画《まんが》で、牛の体重は軽めでも五百キロとか書かれていたような。普通の牛より大きそうなこの大角牛は、下手《へた》をすれば一トンに達するのではないか。

さらに、前世で見たネットニュースの記事が脳裏《のうり》によみがえる。自然界で一番恐《おそ》ろしいのは、肉食獣よりもむしろ巨大な草食獣だと。アフリカではライオンよりカバの方が怖《こわ》いのは有名な話、アラスカでも熊よりヘラジカの方が、遭遇《そうぐう》した場合の死傷率が高いとかなんとか……。

やめて！　こんな状況で怖いことばっかり繰り出してこないで私の記憶《きおく》！

狂気をたたえた大角牛の目から、目をそらせない。目線を外したらその瞬間《しゅんかん》、こちらへ突進してくるに違いない。川などものともせず、あっという間に渡って来てしまうだろう。その予感が、ひしひしとした。

押し返すように、視線に力を込める。そうしながら、そろそろと川から足を引き上げる。

せめて大角牛の足元が土だったなら、魔力で戦えたかもしれない。けれど、岩場だ。エカテリーナの魔力は土属性、岩を操《あやつ》ることはできない。それに、魔力を使おうと気をそらしたら、それだけで大角牛は襲《おそ》いかかってくる気がする。

睨《にら》み合いながら、ゆっくりと距離《きょり》をとり、逃《に》げる。それしかない。

そのために、まずは立ち上がらなければ。

上半身をできるだけ動かさないように、ゆっくりゆっくりと膝《ひざ》を上げて、座っている岩に足をつこうとした。スカートがふとももを滑《すべ》り落ちて、足はすべてが見えてしまっているだろう。けれど、両手は岩について上半身を支えている。スカートを押さえるどころではない。

貴族令嬢《れいじょう》としてとんでもない状態、誰かに見られたら自害も考えなければならないありさまではなかろうか。

でも、生命《いのち》あっての物種だ。気にしている場合ではない。見る人なんて、誰もいない。

――はずだった。

「止めるな！　あの大角牛は確かに金角だった、凶暴なら逃《のが》すわけにはいかない！　勢子《せこ》たちを下がらせるよう、アレクセイに伝えて――」

（え？）

突然聞こえてきた声に、エカテリーナは反射的に、そちらへ目を向けてしまった。

夏空色の目と、目が合った。

それはもう、ばっちりと。

「……」

真っ白。

自分の体勢とか、スカートがどの辺とか、頭から全部すっとんで、エカテリーナは完全に固まっている。

「……」

対岸に現れた、ミハイルも固まっていた。

まじまじと見つめてしまっているあたりに、彼の混乱ぶりがうかがえる。普段《ふだん》のそつのないロイヤルプリンスならば、すぐに失礼とでも言って目をそらすはずだろうに。

そうだよ、目をそらせ！　いつまで見てんだ、皇子のばかーっ！

という叫びが令嬢エカテリーナの脳内でお嬢様向けに変換《へんかん》されて、

「き……」

きゃーっ！　という叫びとして口元までせり上がってきた、その時。

ブモオオオオ――――――ッ!!

魔獣の咆哮《ほうこう》が轟《とどろ》いた。

推定体重一トンの大角牛が、前足の蹄《ひづめ》を岩に叩《たた》きつける。ガコン！　と音を立てて、大人一《ひと》抱《かか》えくらいの大きさの岩が、二つに割れた。

大角牛の狂気に燃える目が、ミハイルを向く。正気を失っていても、本能で、ミハイルが自分を狩《か》る者であることを悟《さと》ったのだろう。

ミハイルも我《われ》に返り、大角牛に向き直った。自分が来た方向、川岸の奥の森へ向けて声を張る。

「皆《みな》、来るな！　大角牛を見つけた、僕が獲《と》る！」

その言葉と同時に、川の水が、ドオッ！　と逆巻いた。

視界に入る限りの川の水が、ミハイルの魔力の支配下に入ってまるで壁《かべ》のようにそそり立ち、大角牛へと雪崩《なだ》れ落ちる。

お……皇子の本気、すげえー！

これだけの量の流れる水を、一瞬で支配した！　魔力の量、発動の速さ、制御《せいぎょ》技術、どれをとっても一級品！

君、マジですごいな!? あの大角牛と同じ岸で向き合っている君だけど、全然心配いらなそうだよ！

はっ、感心してる場合じゃない！

きっと皇子は、お付きの人々の視界を遮《さえぎ》って私を隠《かく》すために、こんなに派手に水を操ってくれたんだ。

あわてて、エカテリーナはぱっとスカートを足にかぶせる。

いや、これじゃない。これも大事だけれども、これじゃない。

エカテリーナは急いで、座っていた岩から降りる。ちょうどそこへ、靴《くつ》を手にしたフローラが駆《か》け戻《もど》ってきた。

「エカテリーナ様！」

「フローラ様、大変ですわ。大角牛が現れましたの。角が金色で……」

「ええっ」

フローラは目を見張る。おそらく大角牛の咆哮を聞いて振《ふ》り返ったものの、もう水の壁で対岸は見えなくなっていたのだろう。

ミハイルに見られて固まっていた時間は、とても長かったような気がしていたけれど、実際は数秒だったわけだ。

「ミハイル様が闘《たたか》っておられます。闘いの妨《さまた》げにならないよう、わたくしたちはここを離《はな》れましょう」

「はい！」

そして二人の少女は、手を取り合ってそこから駆け去った。

走りながら、エカテリーナの頭の中は同じ言葉がぐるぐる回っている。

お、皇子に……皇子に……。

ふともも見られたー!?

うううう。

見られた……。

皇子に、ふともも見られた……。

か、角度的に、奥の方は見えてないはずだけど！

ふともも見られただけでも死にたい……。

フローラと共に逃げてきた、いちごが実る茂《しげ》みの側で、木の幹に手をつく「お猿《さる》の反省ポーズ」でうなだれて、エカテリーナはくよくよしている。

ちなみに、ストッキングと靴はすでに履《は》いた。

どれくらい見られただろ……膝をそろえて、足をちょっと斜《なな》めにしていたから、三角座りじゃなく横座りに近い状態だったはず。スカートは、ほぼ足の付け根くらいまで下がってたな……。皇子は私の右ななめ前から現れたから……。

いや距離があったから！　川幅《はば》が四、五メートル、右ななめ前までの対角線だからもっと距離はあった！

でも、どう考えてもふともも見られたよぉ〜〜。

いや、皇子は紳士《しんし》だし。言いふらしたりしないに違《ちが》いない。気にするんじゃない！

べ、別に前世では、ミニスカとかホットパンツとか、なんなら水着とか！　あったわけだし、ふともも見えたくらい！

……この世界この立場では致命傷《ちめいしょう》なんだよぉ……。

……前世でだって私、ミニスカなんて穿《は》いたことなかったよ。スーツはパンツスーツ、私服は色気のないジーンズとかばっかりでしたよ……。

うわーんふともも見られて恥《は》ずかしいよう……。

そろそろふとももから離れろ自分。

と思うけど離れられないぃい!!

「エカテリーナ様、そんなに心配なさって……。ミハイル様はきっと大丈夫《だいじょうぶ》です。あそこは水属性の方に有利な場所ですし、すごい魔力《まりょく》を発揮していらしたんですから」

ああっ、フローラちゃん清らか！　私が皇子の心配で沈《しず》んでいると思ってくれている！

すまん。実はふとものことでくよくよしてるだけで、ほんとすまん。

「フローラ様の仰《おお》せの通りですわ。ミハイル様は必ず、見事に大角牛を討《う》ち果たしておられますわね」

しゅっと令嬢《れいじょう》の皮をかぶってエカテリーナは言う。

むしろ皇子の魔力があまりにすごかったんで、全然心配が湧《わ》いてこなかったです。

って、いかんいかん。危ないところを助けてもらったのに、薄情《はくじょう》なことを考えるんじゃない自分。

そうだ、皇子にお礼を言わなくちゃ！……顔を合わせるの恥ずかしいけど。ううう。

「わたくしたちは、落ち着いた頃《ころ》にあの川岸へ助けを求めにまいりましょう」

「そうですね」

エカテリーナの言葉にフローラがうなずいた、その時。

「お嬢様！」

メイドのミナが、そこに駆け込んできた。

「ミナ！　来てくれたのね！」

「すみません、お嬢様のお側を離れるなんて……」

夜叉《やしゃ》の形相で、ミナはギリギリと摑《つか》んだものを握《にぎ》りしめる。

「痛い痛い痛い」

「大丈夫よ、こんなに早く見つけてくれるなんて、さすがはミナね」

本当に、GPSとか持っているわけじゃないのに、こんな森の中で見つけてくれるなんて、ミナはすごい。

でも、それをさておいてしまうほど、気になりすぎるものが……。

「あの……ミナ、その、手に掴んでいるものは、何かしら？」

「こいつが元凶《げんきょう》です。お嬢様からあたしを引き離したのはこの小妖精野郎《しょうようせいやろう》です」

……………やっぱり。

それは、ミナに片手で胴体《どうたい》を掴まれている。このサイズの動物が怪力《かいりき》の戦闘《せんとう》メイドに握りしめられたら、バッキバキに骨折してしまいそうだが、そこは大丈夫そうだ。

身長、二十センチくらい。道化師《どうけし》めいた灰色の服、小さなベストだけが鮮《あざ》やかな緑色。まあまあ妖精っぽい出で立《い》ちだが、エカテリーナの印象は。

……都市伝説。

顔がおっさんだった。

悪戯《いたずら》好き、というワードで勝手に子供の姿でイメージしてしまっていたので、ギャップがつらい。

いや、妖精が可愛《かわい》いなんて幻想《げんそう》だよね。前世のゲームとかでやられ役だった、ゴブリンとかも妖精だし。レッドキャップっていう民間伝承の妖精なんて、殺《あや》めた人の血に染まった帽子《ぼうし》を被《かぶ》っているっていう極悪《ごくあく》キャラだったし。民間伝承ではなく都市伝説《としでんせつ》の方が、比較的《ひかくてき》マシかも。

「違うのよ〜、わし悪くないのよ〜」

都市伝説《ちいきおっさん》は、ミナの手から逃《のが》れようとじたばたしながら言う。

「嬢ちゃんたちがあんまり可愛いから〜、わしのとっておきのおやつを食べさせてあげようと思ったのよ〜。それだけなのよ〜」

このいちご、妖精のおやつなのか。

しかし都市伝説、話し方のクセがすごいな。

「お姉ちゃんも美人だから〜、一緒《いっしょ》に食べてもらおうと思ってたのよ〜。引き離すつもりなんてなかったのよ〜、ぐえっ」

「お嬢様、こいつの言うこと信じないでください。妖精は嘘《うそ》つきなんです」

小妖精を掴んだ手に、握りつぶさんばかりに力を込めてミナが言う。

「あんな邪気《じゃき》を発しておいて、いけしゃあしゃあと。こいつは本当はお嬢様を妖精界に誘《さそ》い込んで、二度と帰れないようにしようとしてたんです。あっちの食べ物を食べさせて。あたしが見つけて捕《つか》まえたから、繋《つな》ぎ先がずれてここになったんでしょう。妖精界からこぼれたものが生えているから」

元は妖精界の果物……？

そうすると前世の日本の品種改良は、もはや人間界にはない食べ物の領域に達していたのか。すごいな。

っていうか危機一髪《ききいっぱつ》！　やっぱり異界でそこの食物を食べると、帰れなくなるセオリーあった！

「そうだったのね……ありがとうミナ。ミナがいてくれなければ、大変なことになっていたわ」

「待っててください。こいつに重石《おもし》をつけて、なるべく深い淵《ふち》へ沈めてきます」

「イヤアア！」

淡々《たんたん》とミナが処刑《しょけい》宣言をし、小妖精が絶叫《ぜっきょう》する。

「わし悪くないのよー！　可愛いお嬢ちゃんたちがずっと可愛いままでいられるようにと思ったのよ、わし親切なのよー！」

はい、自白。

妖精界に行くと、人間でも歳《とし》をとらなくなるってことかな。前世でもそんな伝承があったような。

「あっちは楽しいのよ〜。好きな時に食べて、好きな時に寝《ね》て、薄《うす》くて可愛い服を着て、歌って踊《おど》って過ごせるのよ〜」

なんで服に「薄くて」がわざわざ入るのか。

それにしても、某《ぼう》ゲゲゲな妖怪のテーマソングみたいな生活だな。社畜《しゃちく》時代に憧《あこが》れたわ。

だがしかし。

今の私は社畜ではなく、ブラコンだ！

「お兄様がいらっしゃらない世界にわたくしを連れていこうなど、不届き千万《せんばん》ですわ」

エカテリーナが冷たく言うと、ミナとフローラがそろって大きくうなずいた。

「こいつ捨ててきます」

「イヤアアー！」

ミナが歩き出そうとし、小妖精は再び絶叫する。

「お嬢ちゃん許してー‼　なんでもあげるから、なんでもするから助けてー！　おやつ、たくさんあげるからー！　水の中は嫌《いや》なのよ～、魚は嫌《きら》いなのよ～」

都市伝説はオイオイと泣き出す。おっさん顔で泣かれると、いたたまれない気持ちになるエカテリーナである。

「もう二度と、人間を勝手に他所《よそ》の世界に連れて行かないと誓《ちか》えて？」

「誓うよ～！　誓うのよ～！」

じゃあ、あんまり脅《おど》してもなんだし。

あ、でも待った。

「あの果物は、たいそう美味でしたわ。本当にたくさんくださる？　お兄様に食べさせてさしあげたいの」

「あげるよ、家族思いのお嬢ちゃんは可愛いよ～。うんとたくさん、おっきな籠《かご》いっぱいにあげるのよ～」

それなら皇子にもあげよう、お礼の気持ちを込めて。

あ、いいこと思いついた。森の民《たみ》の食器の販売促進《はんばいそくしん》。

「なんでもすると言ったわね。森の民のところへおつかいに行くことはできて？」

「森の民？　べっぴんさんが多くて好きなのよ～。大王蜂《だいおうばち》が怖《こわ》くてあんまり近寄れんけど、おつかいくらいはできるのよ～。わし、すぐ行けるのよ～」

よし！　これでアウローラさんと直接連絡《れんらく》を取れるな。

食器をなるべく多く買い取らせてもらって、新しく作ってくれるよう頼《たの》んで……数を揃《そろ》えるなら北都の職人に作製を頼んで、森の民にはデザイン使用料を払《はら》うのはどうだろう。

前世の意匠《いしょう》権みたいなもの、皇国にも存在するのかな。弁護士のダニールさんに訊《き》いてみよう。

「種や、苗《なえ》をもらってもよくて？」

「種？　熟れすぎて芽が出たやつが時々あるのよ～。誰《だれ》も欲しがらんもん、お嬢ちゃんにあげるのよ～」

オッケー、フォルリさんたち森林農業局に渡《わた》そう。新たなユールノヴァの特産物候補、ゲットだぜ！

「お嬢様《じょうさま》、本当にこいつを解放するんですか」

ゴミを見る目を小妖精に向けて、ミナが言う。

「妖精は嘘つきです。もうしないなんて言っても、すぐまたやるに決まってます」

「でもミナ、本当に淵へ沈《しず》めるわけにはいかなくてよ」

「どうしてでしょう」

ミナが真顔……。

そういえば、うちの美人メイドにはサイコ入ってるんだったわ。

「ミ……ミナ、この果物は本当に美味《おい》しいの。ミナにも食べさせてあげようと思っていたのよ」

エカテリーナは急いで赤く熟れた実を選んで摘《つ》み、ミナの口元に持っていく。

「ね、食べてみてちょうだい」

「……」

エカテリーナが差し出すいちごを無表情に見つめたミナは、そっと口を開けて、食べた。

「甘い……ですね」

「とっても美味しいでしょう。わがユールノヴァの特産品に加えることができれば、きっとお兄様もお喜びになるわ。それには、この妖精の協力が必要なの」

それを間近に見た小妖精は、相好を崩《くず》している。

「ええの～、お嬢ちゃんたち、可愛いの～。こんな可愛い子ら、なかなかおらんから～、わし本当に、他《ほか》の子を連れて行ったりしないのよ～。お姉ちゃん安心して～」

「まあこいつはともかく、お嬢様がそうしたいんなら、あたしはおっしゃる通りにします」

ミナの言葉を聞いて、アレクセイが時々言う『お前がそう望むなら』を思い出し、やっぱりミナはシスコンウイルスに感染《かんせん》している疑惑《ぎわく》を強めたエカテリーナであった。


狩猟《しゅりょう》大会は、豊富な猟果を得て早めに終了《しゅうりょう》となった。

公爵《こうしゃく》家の別邸《べってい》に引き上げてきた参加者たちは、庭に準備されていた飲み物や軽食で狩《か》りの疲《つか》れを癒《いや》しつつ、まだ興奮冷めやらぬ様子でそれぞれの奮戦を語り合っている。

渓谷《けいこく》での散策を楽しんで戻《もど》ってきた女性たちも合流し、彼らに惜《お》しみない称賛《しょうさん》を贈《おく》った。

「素晴《すば》らしい猟果ですわね、近年稀《まれ》ではありませんかしら」

「神々のご加護ではなかろうか。山岳神殿《さんがくしんでん》では、アレクセイ公が参拝なさるたびに神々の降臨があるそうだ。エカテリーナお嬢様の代参でも、三柱の神が降臨なされたとか。毎回こうあってくれることを願おう」

そんな会話の中、猟果が紙に書き出され、仕留めた参加者の名前と共に貼《は》り出されてゆく。

かつては、庭の一角に猟果が運び込まれ、処理されてパーティーの料理に饗《きょう》されたそうだ。

参加者たちは平然とそれらを眺《なが》め、誇《ほこ》らしく自分の獲物《えもの》を示したり、どれが美味《うま》そうかを論じたりし、目の前で処理させたらしい。

それを聞いた時エカテリーナは、うっとなりつつも、生け簀《す》の魚を選んだり、マグロの解体ショーを見物したり、活《い》け造りを美味しくいただいたりしていた前世だって似たようなもん！と自分に言い聞かせたものだった。

ともあれ時代が変わった今では、猟果は目につかないところで処理されるようになった。

狩猟大会は猟果を競《きそ》うものであるから、誰がどういった獲物を獲得《かくとく》したかの情報は必要なので、種類や大きさ、特徴《とくちょう》などを書いた紙が貼り出される。別段、順位付けなどがされるわけではないが、よい獲物を得た者は尊敬される。皆《みな》が、貼り出される紙の内容に、興味津々《きょうみしんしん》だ。

そんな人々が、貼り出された紙に記された猟果に、大きな感嘆《かんたん》の声を上げた時が二回あった。

一回目は、『銀枝角《ぎんえだつの》の大鹿《おおじか》』。仕留めたのは、公爵アレクセイ。

普通《ふつう》、鹿の角は毎年生え変わるものだ。春先に古い角が抜《ぬ》け落ち、新たな角が生えてくる。

しかしユールノヴァ固有種の鹿では、群れのリーダーとなった雄《おす》のみがなぜか、角が抜けなくなる。角は成長を続け、複雑に枝分かれし、他の雄とは段違《だんちが》いに大きくなって、リーダーに堂々たる風格をもたらす。その角で、リーダーは魔獣《まじゅう》はびこるユールノヴァの森で、群れの雌《めす》や子供たちを守って闘《たたか》うのだ。

角が抜けなくなったリーダーを、四季角《しきづの》と呼ぶ。またその角は、歳を経るにつれ銀色の輝《かがや》きを帯びるようになる。それゆえ、四季角となってから長い期間リーダーの地位を保つ雄は、銀枝角と呼ばれるのだ。

銀枝角の雄は、例外なく高い知能と優《すぐ》れた体格を持っている。しかし角が銀色に輝くほどになると、成長を続ける角の重さが、リーダーの動きを鈍《にぶ》らせるようになる。銀枝角は世代交代の時期を知らせる合図とも言える。

とはいえ銀枝角の大鹿は歴戦のつわものであって、狩ろうとした者が返り討ちに遭《あ》うこともしばしばという危険な相手だ。それを討ち取ることは狩人《かりゅうど》の夢。

人々が感嘆の声を上げたのは当然と言えた。

そして二回目は、『金角の大角牛』。仕留めたのは、皇子ミハイル。

これには人々は、感嘆を超《こ》えてどよめいた。猟果が集められている別邸の裏へ、わざわざ見に行く者が続出したほどだ。この機会を逃《のが》したら、一生目にすることはできないであろう稀少《きしょう》な存在であるから無理もない。

「お見事でした。しかし、そのようなものに遭遇《そうぐう》した場合は他の者にお任せくださいと、申し上げましたが」

「すまない。念願の獲物を目にして、つい逸《はや》ってしまったんだ。自分の未熟さを痛感するよ」

諌《いさ》めるアレクセイに、にこやかに言葉を返して、ミハイルは周囲を見回した。

「ところで、エカテリーナの姿が見当たらないようだけど」

「お嬢様でしたら、お召《め》し替《か》えをしておられますわ。森を散策された時、草露《つゆ》でお召し物が湿《しめ》ったそうですの」

答えたのはアデリーナ夫人だ。エカテリーナとミハイルを応援《おうえん》したい夫人は、早くエカテリーナが現れて、見事な猟果を得たミハイルを称賛してくれないものかと、そわそわしている。

エカテリーナがフローラと共に現れたのは、まさにその時だった。

「殿下《でんか》、お嬢様が」

嬉々《きき》としてミハイルの注意を引いたアデリーナ夫人は、あらためて目に入った少女たちの姿に、まあ……とため息をついた。

現れたエカテリーナとフローラがまとっている白い服は、アストラ帝国《ていこく》よりもさらに古い時代の彫刻《ちょうこく》像で見られるような、ごく薄《うす》く細かいドレープがたくさん入った、なんとも優美なものだった。複数枚の布を重ねるデザインのため、腕《うで》以外が透《す》けてしまうことはないが、はっと人目を引く。

髪《かみ》も古代風に結《ゆ》って繊細《せんさい》なデザインの細冠《サークレット》で留め、そこに白い花を飾《かざ》っていた。

二人とも、手に大ぶりの器《うつわ》を捧《ささ》げ持っている。木製の器は、古代風の衣装《いしょう》によく合っている。ただの器ではなく、貝殻《かいがら》のように少し歪《ゆが》んだ楕円《だえん》形をしていて、両側の取手に精緻《せいち》な蔦《つた》の葉が彫《ほ》られている凝《こ》った形状が、少女たちの幻想《げんそう》画めいた雰囲気《ふんいき》を高めているようだ。

そこに、見慣れない赤い果物が山と盛られていた。

しずしずと歩む美しい少女たちは、神話の一場面から抜け出てきたようで、人々は思わず見《み》惚《ほ》れた。

よし、目論《もくろ》見《み》通り注目は集めたみたいだぜ。

周囲の反応を確かめて、エカテリーナは心の中でガッツポーズだ。

別邸に現れた小妖精《しょうようせい》が、約束通りの山盛りいちごの他に、『薄くて可愛《かわい》い服』も持ってきた時には、どうしてくれようと思ったが。

日本人のモッタイナイ精神を発揮して、新商品の販売促進《プロモーション》用衣装、というカテゴリで活用することにした。服自体は、とても素敵《すてき》なものだったので。

というか小妖精はなぜか半泣きで、服の他にも細冠やらブレスレットやら、素晴らしいアクセサリーまで持ってきていて、エカテリーナにぺこぺこと頭を下げた。

「嬢ちゃんが、あんなおっかないお方とお友達なんて知らなかったのよ〜。なんでもあげるから許して〜」

おっかないお方って誰《だれ》。

と確認《かくにん》する暇《ひま》もなく、小妖精はエカテリーナが手にしていた森の民《たみ》の長《おさ》アウローラ宛《あ》ての手紙を掠《かす》め取ると、おつかい行ってくるのよ〜！と叫《さけ》んで消えたのだった。

小妖精が恐《おそ》れるような存在といえば、思い当たるのは魔竜王《まりゅうおう》様か死の神様だけど。何処《どこ》から見ていて、そっと小妖精をシメてくれたのかしら。

……私のふとも見られてないだろうか……。

いやそれは、今は置いとけ自分。プロモーションに集中するんだ！　ふとももは考えたらあかん！

などと考えているようにはとても見えない、優雅《ゆうが》な微笑《ほほえ》みを浮《う》かべて、エカテリーナはフローラと共にミハイルに歩み寄る。

「ミハイル様、お見事な猟果、おめでとう存じますわ」

「ああ、ありがとうエカテリーナ」

ミハイルの顔がほのかに赤くなるのを見て、アデリーナ夫人たちは内心で歓喜《かんき》しているが、エカテリーナは内心で皇子をハリセンで叩《たた》きたくなっていた。

赤くなるなよ！　ふとももこと考えちゃうだろ！

「珍《めずら》しいものを持っているようだけど、それは？」

あ、すまん。ありがとう皇子。

ハリセンで叩こうとした相手にフォローしてもらって、内心のエカテリーナはお猿《さる》の反省ポーズだ。

「こちらの果物は、妖精からの贈り物ですの。古き者からの贈り物ですので、ユールノヴァでいにしえから使われてきた、木の器に盛ってみましたのよ。どうぞ召し上がってくださいまし」

「妖精？　すごいね、それは貴重なものだ。ありがとう、いただくよ」

エカテリーナが差し出した器のいちごを、ミハイルはひとつ摘《つま》んで食べた。

目を見開く。

「これは……美味《おい》しい。とても甘いけど、爽《さわ》やかだね。初めての味だ」

「お口に合ってようございましたわ」

「その器もいい。古風なようでいて、洗練を感じる。ユールノヴァの伝統には、素晴《すば》らしいものがたくさんあるようだ」

「まあ、なんと嬉《うれ》しいお言葉でしょう。光栄に存じます」

販促活動的に完璧《かんぺき》なコメントだよ！　ありがとう皇子！

目を輝かせたエカテリーナだが、ミハイルと目が合うとつい、もの問いたげな表情になってしまった。

皇子……私のふともも、どのへんまで見えた？

機会があったらさっきのお礼を言いたいけど、その時確認してみようかなあ。訊《き》くのも恥《は》ずかしいけど。

見つめ合う状態になった二人を見て、アデリーナ夫人たちが盛り上がっていたのだが、もちろん、エカテリーナは全く気付かなかった。

ミハイルの言葉で人々の視線がいちごと器に釘付《くぎづ》けになったのを見て、フローラが人々にいちごを勧《すす》めて回り始める。

友人に感謝の視線を送って、エカテリーナはアレクセイの前に立った。

「お兄様、どうぞ」

微笑む妹に、アレクセイは優《やさ》しい笑《え》みを浮かべる。

「……妖精からの贈《おく》り物、か」

「はい、滝《たき》の近くで出会いましたの」

「我が妹は、また驚《おどろ》くべきものを虜《とりこ》にしてしまったようだ」

どこか哀《かな》しげに言って、アレクセイはエカテリーナの頰《ほお》に触《ふ》れた。

「並の人間なら、魔《ま》や妖《あやかし》に出会えば魅《み》入《い》られるというのに。お前はそのようなものさえ、魅《み》了《りょう》してやまないのだな」

いえお兄様、これをくれたのは魔や妖というより、エロ親父《おやじ》入った都市伝説《ちいさいおっさん》です。でもって、ミナが捕《つか》まえてくれただけです。

「私がお前に望むのは、側《そば》にいてくれることだけなのに。お前はどこまでも輝《かがや》いて、今にも羽ばたいて彼方《かなた》へ去ってしまいそうな気がする。……私を憐《あわ》れんでくれ、女神《めがみ》エカテリーナ。素晴らしいものを差し出してくれるお前なのに、愛《いと》しく思う気持ちが募《つの》りすぎて、どこかへ閉じ込めてしまいたくなる」

「まあ……お兄様ったら」

シスコンフィルターにちょっぴりダークな感じが入ってますよ。偏光《へんこう》フィルターですね！　ますます高性能です。

アホなことを言ってますが、お兄様のシスコンはいつだって嬉しいもん。

「わたくしの望みは、お兄様のお側にいることだけですわ。彼方へ去るなど、嫌《いや》でございます。閉じ込めるより、鎖《くさり》で繋《つな》いでくださいまし。お兄様が鎖を握《にぎ》っていてくだされば、わたくし、いつでもお兄様と繋がっていられますもの」

妹の答えに、アレクセイは破顔する。

「あんなわがままを言った私を、許してくれるのか」

「許すなど。お兄様は、わたくしを誰より大切に思ってくださっているだけですわ。そのこと、よくわかっております」

そう言って、エカテリーナはアレクセイが目を向けないいちごを自分で摘み、兄の口元へ持っていった。

「美味しゅうございましてよ。召《め》し上がってくださいまし」

アレクセイは珍しく照れた様子で、しかし素直《すなお》にいちごを口にした。

「……こうなるような気はしてた」

ミハイルがぼそっと呟《つぶや》くのが聞こえて、エカテリーナは、なんかすまんと心の中で答える。

毎度お兄様が美辞麗句《びじれいく》を繰《く》り出してすまんけど、今回はちょっと変化球だから、君は真似《まね》し

ない方がいいよ。

そんな一幕をどう消化したらいいのか悩《なや》む夫人たちがいたりしたが、その後、彼女たちが盛り返す展開があった。

フローラと共に参加者たちにいちごを配ったエカテリーナが、ひととおり配り終えた頃《ころ》。

ミハイルが周囲に断りを言って、一人裏庭へと去っていった。

去る前にエカテリーナと目を合わせたことに目ざとく気付いた夫人たちは、少し経《た》ってエカテリーナもそっと姿を消すと歓喜して、アレクセイがそれに気付かないよう腕《うで》によりをかけて気をそらしにかかった。

別邸《べってい》の小さな裏庭は、ユールノヴァ城の庭園のように完璧にデザインされたものではなく、野草のようなハーブが茂《しげ》る、イングリッシュガーデンに似た自然美をたたえる場所だった。

細い葉が特徴《とくちょう》的なローズマリー、淡《あわ》いピンクの花をつけたオレガノ、繊細《せんさい》な葉のフェンネル、他《ほか》さまざまな植物がそれぞれ群れとなり、爽やかな香《かお》りを漂《ただよ》わせている。

「エカテリーナ」

紫《むらさき》がかった青い花が鮮《あざ》やかな、セージの一種らしき一群の前で振《ふ》り返り、ミハイルが微笑む。

エカテリーナは急ぎ足でその傍《かたわ》らへ歩み寄った。

裏庭には、他に誰もいない。

彼女に付き従ってきたメイドのミナは、裏庭の入り口のところで足を止めて控《ひか》えている。ミハイルの従僕ルカがそうしているため、お付きの心得として、同じ位置にとどまったのだ。

「ミハイル様。さきほどは――」

大角牛から助けてくれた礼を言おうと口を開いたエカテリーナを、ミハイルはすっと手を上げて止めた。

「すまない。君に、僕からひとつ、訊きたいことがあるんだ。先にいいかな」

「え、ええ。もちろんですわ」

うなずきつつ、エカテリーナは身構える。

何を訊きたいんだろう。

なんであんなところにいたのか、かな。それとも、なんであんな格好をしていたの？　かも。

どっちも好きでそうなったんじゃないんだー！

あそこにいたのは、小妖精《しょうようせい》の罠《わな》にはめられたせいだし。ふとももが見えちゃってたのは、大角牛がガンつけてきたから、目をそらせない状態でなんとか逃《に》げようとしていたからで。私のせいじゃないんだからね！

というのを、どう説明しよう。

などと、訊かれたらどう答えるかをエカテリーナが脳内でシミュレートしていると、ミハイルは言った。

「僕が、大角牛に遭遇《そうぐう》した時のことなんだけど。その直前に、川辺で……水の精《ウンディーネ》を見たようなんだ」

ん？

え？

え？

大角牛に遭遇する直前。

川辺。

いや、それ、私だけど……。

「川辺で、大きな岩に腰掛《こしか》けていた」

大きな岩に腰掛けてたよ、だからそれは私、なんだけど……。

柔《やわ》らかな声音《こわね》で、ミハイルは言う。

「あの川には水の精が棲《す》んでおられるのかな。もし、君が知っているなら教えてほしいと思って」

えっと……。

つまり……。

それは。

——川で見たのは私じゃ、なかった……ということにしてくれる、の？

あれは水の精だった、ってことに……。

呆然《ぼうぜん》としているエカテリーナを、ミハイルは夏空色の目で穏《おだ》やかに見ていた。

「ミハイル様……」

皇子……。

君って——なんていい奴《やつ》なんだー！

ぶわっと感動が込み上げてきて、エカテリーナは泣きそうになる。

貴族令嬢《れいじょう》として、致命傷《ちめいしょう》になるような失態だったもの。相手が悪かったら、脅《おど》しの材料になることさえあり得たんじゃないだろうか。そんなことにはならなくても、笑い者になったり、一生の恥《はじ》になったりする可能性は充分《じゅうぶん》あるはず。

もちろん皇子はそんな子じゃないけれど。

見なかったことにするよ、とかって言ってくれると期待していた。でも、そういうことを言うんじゃなくて、自分が見たのは君じゃなく、水の精だったことにするって。それを、こんな風に告げてくれるって。

粋《いき》だ。

うわあ、すごい。十六歳の男の子が、粋な気遣《きづか》いをしてくれてる。そんなことができる高校生男子なんて、滅多《めった》にいないよ。大人にだって、そうそういない。

ありがとう、皇子。

あらためて、君ってすごいよ。

さっきハリセンで叩《たた》きたいなんて思って、本当にすまんかった！

「わたくしは……あの川に水の精が棲んでおられるかは存じませんの」

長い沈黙《ちんもく》の後に、エカテリーナはゆっくりと言う。

「ですけれど、ミハイル様が見たとおっしゃるなら、きっとそこにおられたのですわね」

「うん。確かに見た」

うなずいて、ミハイルはまた少し赤くなる。

「その、僕が見た水の精は……とても、きれいだった」

うっ。

うわ。

ちょっと待って——ちょっと、待ってよ。

私、すごく赤くなってない⁉

褒《ほ》められるのはお兄様の美辞麗句で慣れてるのに！

それとは、なんか、全然違《ちが》うんだけど。なんか、困るんだけど！　言葉が出てこないよ！

くそう、アラサーを赤面させるとは恐《おそ》ろしい子！

あっ、そういえば君は破滅フラグの化身《けしん》だった。この、やたら困る感じはそのせいなのか⁉

真っ赤になってしまった顔を両手で覆《おお》って、思考を残念方向へ疾走《しっそう》させるエカテリーナであった。

「エカテリーナ……水の精について、もうひとつ訊《き》いてもいいかな。また違う話なんだけど」

「は、はい。わたくしにお答えできることでしたら」

ミハイルの言葉に、エカテリーナは顔を上げる。

「公爵邸《こうしゃくてい》の浴室に、水の精の像があるよね。執事《しつじ》に尋《たず》ねたら、僕が泊《と》まっている西棟《とう》と、君が暮らしている北棟は同じ型の像が使われているそうなんだけど。あれが、少し君に似ている気がして……。それほど古くも新しくもないようだけど、あれは」

いったん言葉を切って、ミハイルは慎重《しんちょう》な口調で言った。

「アレクサンドル公――君とアレクセイの父君の頃に、設置されたのではないかな、と思ったんだ。そしておそらく、皇女が降嫁《こうか》した場合のみ使用するという北東の翼《よく》……大伯母《おおおば》上、君の祖母が暮らしていたところの浴室は、もし水の精の像があるとしても、違う型、違う顔をしていると思う」

「――」

エカテリーナは言葉を失う。

そういえば、フローラちゃんもあの像が私に似ていると言っていた……。

私に似ているということは、お母様に似ているということ。

お祖父様《じい》が公爵だった頃、公爵邸、ユールノヴァ城には祖母と親父《おやじ》が住んでいた。その時期に浴室の彫像《ちょうぞう》を取り替《か》えることになれば、どういった像にするかは親父の要望が通ったに違いない。

それは……。

エカテリーナは思わず口元を押さえた。

考えたこともなかったけど。親父は、ひそかにお母様を偲《しの》んでいたのだろうか。

北東の翼に暮らしていたババアは、他《ほか》の浴室に立ち入る可能性はない。ババアの目が届かないところに隠《かく》して、そっと。

いいや、認めない。そんな、いい話みたいなこと。

それくらいなら、どうして一緒《いっしょ》に暮らさなかった。どうして会いに来なかった。お母様は、あんなに恋《こい》していたのに。いまわの際《きわ》にお兄様を親父と間違えるほど、待っていたのに。

「すまない。余計なことを言ってしまったみたいだ」

ミハイルの声に、エカテリーナははっと顔を上げる。

「い、いいえ。その、わたくしは、あの彫像がいつ設置されたのかは存じませんの。ですけれど、執事に確認《かくにん》すれば、わかると思いますわ」

「いや、手間をかけてもらうほどのことではないんだ。悪かったね、忘れてほしい」

「いえ……」

……私が困ってたから、いったん他のことを忘れるような、インパクトのある話題を出してくれたんだろうな。

どんだけ大人なんだよー。もう。アラサーも脱帽《だつぼう》だよ！

「ミハイル様は、本当に……優《すぐ》れた洞察力《どうさつりょく》をお持ちでいらっしゃいますのね。歳《とし》を重ねた大人であっても、ミハイル様のような対応が取れる方は、なかなかいらっしゃらないことでしょう。生まれ持った資質が違うと、感服いたしました」

栴檀《せんだん》は双葉《ふたば》より芳《かんば》し。小さい頃《ころ》から、ものが違うって感じだったんだろうな。

しかし、エカテリーナの言葉にミハイルは笑った。

「そういうことにしておきたいけど、そんなことはないんだ。アレクセイは覚えていると思うけど、僕は小さい頃、すごく威張《いば》り散らした嫌《いや》な子供だったから」

「まさか、そのようなこと」

皇子ってば、ご謙遜《けんそん》〜。

そんなの、想像もつきませんわ。

けれど、ミハイルは目を伏《ふ》せて言う。

「本当だよ。今思い出すと本当に恥《は》ずかしいけど、あの頃は、自分が世界で一番偉《えら》いと思ってた。ああ、先帝陛下《おじいさま》や父上母上は別だったけど……まあとにかく、僕はかなり、ちやほやされて育ったものだから」

それを聞いて、エカテリーナは思わず目を見開く。

そうか……言われてみれば、むしろ当然か。

当時皇太子だったお方の一人息子《むすこ》で、やがては皇帝の位を継《つ》ぐべき後継者《こうけいしゃ》。一人っ子で、言い方は悪いけどスペアになるような弟もいない、唯一《ゆいいつ》の存在だもの。周囲は真綿にくるむように大事に大事にして、叱《しか》ることもできなかったというのは、あり得る話。

ていうか十六歳の現在で、すっかりクソガキを卒業してるのが偉いって話だよ。まだまだ子供なんだから、ちやほやされて威張り散らしてるままでも、全然おかしくないのに。

「同じ年頃の子供が学友としてやってきてからも、わがまま放題だった。皆《みな》も子供ながらに身分を理解していて、なんでも僕の言うことを聞くばかりでね。勉強でも武術でも、遊びでも僕に勝とうとしなかった」

「そうでしたの……それでは、仕方のないことと思えますわ」

学友ということは、家庭教師がついて勉強を始めた頃？　貴族なら、普通《ふつう》は五歳くらいからだっけ。じゃあ、これは皇子が五、六歳くらいの頃かな。前世で言えば、小学校に入学するかしないか……。

そんな頃なら、皇子という身分でなくたって、普通にわがままでしょうよ。

「でも、一人だけ違ったのがアレクセイだった」

エカテリーナはブラコンを発揮して目を輝《かがや》かせ、ミハイルは苦笑《くしょう》する。

「アレクセイは全然容赦《ようしゃ》がなくてね。二つ年上だし、勉強も武術も、まるで歯が立たなかった。僕は負けたことがなかったから、悔《くや》しくて泣きわめいた覚えがある。他の子や近習たちがおろおろする中で、アレクセイは僕を冷ややかに見て――最初の説教をしてきた」

「まあ！」

さ……さすがお兄様……。

そういえば皇子、お兄様に説教されるとすごくつらい、って言ってたような。確かに、私も一度だけ説教されたけど、中身アラサーの私がうなだれる気迫《きはく》でしたよ。

皇子はそうやって、あれをがっつり体験してたのかー。

皇子、学園の試験で三位だった時にはすごく大人の対応だったのに、そんな頃もあったんだなあ。それがあればこその今？

お祖父様とツーショットの肖像画《しょうぞうが》で見た十歳のお兄様、可愛《かわい》かったな。皇子の学友になったのはもう少し前、もっと小さい頃か。それよりもっと小さい五、六歳の皇子……ふふ。君は、とっても可愛かったと思うよ。

泣きわめいていた本人は不本意かもしれないけど、全体の絵面《えづら》は絶対可愛いな！

「ミハイル様はその頃、兄のことをお嫌《きら》いでしたの？」

エカテリーナが尋ねると、ミハイルはふふと笑った。

「そういう時もあったり、そうでもなかったりした。あの頃から、アレクセイには独特の魅力《みりょく》があったよ。孤高《ここう》な感じで。僕は顔も見たくないと思ったり、認められたくて躍起《やっき》になったり……ただ確実に、他の学友たちより特別だと思っていた。友達になりたかったんだと思う。でもアレクセイは、僕は将来の主君で自分は臣下、っていう態度を頑《がん》として崩《くず》さなくて」

それ以上言わずに、ミハイルは小さくため息をついた。

すまん。お兄様はそういう人なのよ……元祖型ツンデレだから、特定対象者以外にはツンしかないのよ。そんな小さい頃からそうだったんだなあ。

「だけどある日、迷子になって泣いていたウラジーミルの手を引いて現れて。アレクセイは、ウラジーミルにはすごく優《やさ》しかったんだよ」

ああああああ。

元祖型ツンデレの、デレの対象が現れた！

お兄様は、守りたくなる相手がタイプなんだなあ。皇子がデレの対象じゃないのは、なんかわかる。それに未来の主君にデレたら、ヤバい臣下が爆誕《ばくたん》するし。主君を見る目にフィルター装備とか、怖《こわ》いわ。

「僕と扱《あつか》いが全然違《ちが》うものだから、僕はふてくされたりもしたんだけど。ぼく皇子なのにー、えらいのにー、って」

なにそれ可愛い！

ぼく皇子なのにー、ってふてくされてる小さい皇子、見たい！

つい笑ってしまって、エカテリーナは両手で口元を覆《おお》う。

「ウラジーミルも特別優秀《ゆうしゅう》で、勉強では全然勝てなくてね。僕どころか、大人も顔負けな知識の持ち主だった。でも彼はあの頃は、内気だけど優しい性格で、僕とアレクセイの間に入って取り持ってくれた。それでようやく、仲良く付き合えるようになったんだ」

「そうでしたの……」

そんな二人と仲良くなれたなら、皇子だって当時から相当優秀だったんだろうな。他の子たちは、勝とうとしなかったんじゃなくて、素《す》で勝てなかったのかも。

将来が楽しみな、恐《おそ》るべき子供たちだな。両陛下はさぞ、目を細めて三人を見ていらしただろう。

「……でも、突然《とつぜん》セルゲイ公が亡《な》くなって」

ミハイルの口調が変わって、エカテリーナははっとする。

「アレクセイもウラジーミルも、ぱたりと僕を訪ねて来なくなった。アレクセイはセルゲイ公の葬儀《そうぎ》のあと領地で過ごすことが多くなったし、ウラジーミルは大きな病気をしたから、仕方なかったんだけど。でも、久しぶりに会っても、それぞれ暗い顔をしていたよ。特にウラジーミルは、あの時から人が変わってしまった」

ミハイルは哀《かな》しく微笑《ほほえ》んでいる。

……お兄様は仕方がない。ババアが牛耳《ぎゅうじ》るようになった家で、幼くして領主代理の役目を担《にな》わされ、孤立《こりつ》していたんだから。

けれど——ふと思ったけど。ウラジーミル君は、彼の家……ユールマグナが、我が家に何をしていたか知っていたんだろうか。人を送り込んで多額の金銭を横領させ、その金銭を自分のものにしていた犯罪行為《こうい》を。

当時、彼はまだ九歳。……さすがに知るはずはないか？　でも、それなら、彼はなぜ変わったのだろう……。

きざした考えをいったん振《ふ》り払《はら》い、エカテリーナはミハイルに優しく微笑みかけた。

「それは、さぞ、お寂《さび》しいことでしたでしょう」

「そうだね。……でも僕は、あの時少し、大人になったのかもしれない。父上は僕におっしゃったよ、我々《われわれ》は孤独であることを宿命付けられているのだ、と」

我々は——我々、皇帝を継ぐ者は。

胸が痛んで、エカテリーナは目を伏せる。

皇帝の孤独。

私には、想像もつかないよ。

誰《だれ》かと友達になったとして、君の友情は、その友達に特権や特別待遇《たいぐう》を与《あた》えるものになってしまうだろう。たとえ友達がそんなことを望まなかったとしても、君と繋《つな》がりを持ちたい人々が群がって、自分に便宜《べんぎ》を図《はか》ってくれと見返りを差し出し、友達を腐《くさ》らせてゆく。そんな、ある意味では毒のようなものになってしまう。

そして君は、自分でその友達を、処罰《しょばつ》することになるかもしれない。

そんなことがなくても、友人がいたとしても、その友人はどれだけ君の力になれるだろう。

やがて君が皇帝《こうてい》の位に即《つ》いたのち、国を左右するような決断をする時に、その責任を、その重荷を、誰が共に担えるだろう。その決断は、歴史の中に、君の名で刻まれるのに。

私に何を言えるだろう。

言えることがあるとすれば……。

エカテリーナは顔を上げて、ミハイルを見た。

「孤独である宿命——と仰《おお》せになりましたわね。ですけれど、やがて孤独となること、を宿命付けられているとしても……今はまだ、違うのではありませんかしら。なにしろわたくしたちは、まだ学園で学んでいる身なのですもの」

まだ君は皇帝ではなくて、学園で学ぶ学生の一人で、その生活を楽しんでいるんだから。

まだ君は、たった十六歳の、子供なんだから。

アラサーお姉さんから見れば、君なんか子供なんだからね。

子供の頃《ころ》の友達なんて、あんまり大層に考えなくてもいいんじゃない……かな。

学生時代の友達って、一緒《いっしょ》に遊んで、いい思い出を共有して。でも社会に出たら道が分かれて、そんなにしょっちゅう会うことはなかったり、そういうことが多いもの。未来の立場のために、今を諦《あきら》めたりはしないでいいはずだと思う。

ミハイルは少し驚《おどろ》いた様子で目を見張り、笑顔《えがお》になった。

「ありがとう。君という友達を得られて嬉《うれ》しいよ」

あれ？

うぐ。

うぎゃあ！

す……すまん。私は私で、悪役令嬢《れいじょう》という宿命を背負っていてだね、君は私の破滅《はめつ》フラグの化身《けしん》なんだよ。

だから、なるべく距離《きょり》を置くべきなのよ。

破滅フラグ対策はすっかりグダグダで、いい友達だと私も思っていたけど、なんかこの流れでそう言葉にされると、なんかこう……なんか……。

距離を置くどころか、お兄様とウラジーミル君に代わって、親友とかのポジションにならなきゃいけないような気がしてきちゃうんだけど！

もうなんか、この世界は乙女《おとめ》ゲームそのものではなくて元ネタみたいなものだとわかったり、それなりにゲームと展開が変わったりしてきた気がするけど。それでもここはゲームの通りに、大国の首都である皇都に突然魔獣《とつぜんまじゅう》が出現するなんていう、トンデモな出来事が実際起こるんだから！

怖いのよ！

エカテリーナが脳内であたふたしているのに、ミハイルは嬉しそうに微笑む。

「夏期休暇《きゅうか》もうすぐ終わるけど、学園へ戻《もど》っても、また二人で話をしてくれるかな。……こういう話ができる相手は、なかなかいないんだ」

あうううう。

こ……これを拒絶《きょぜつ》したら、私って鬼《おに》やん！

「あ……兄が良いと申しましたら」

切り札、シスコンお兄様！

するとミハイルは、首を傾《かし》げた。どこか困ったような、悲しげな感じで。

君は蓄音機《ちくおんき》の前の犬か！　某社《ぼうしゃ》の商標かー！

やめて、わかった全然オッケーだから笑って！　って言わなきゃいけない気になるだろ！

わーんこのわんこどうしよう。

エカテリーナが焦《あせ》りまくった、その時。

「これまでか」

とミハイルが呟《つぶや》いた。

何のこと？　と思った瞬間《しゅんかん》、思いがけない声がかかる。

「お嬢様！」

兄の従僕イヴァンが、珍《めずら》しく息を切らせて駆《か》け寄ってきた。

「イヴァン、どうかして？」

「お嬢様、閣下がお捜《さが》しです。お姿が見えないと、心配なさっておいででした」

「まあ！」

しまった、うっかり時間が経《た》ってしまった。

と思いながらも、ほっとしているエカテリーナである。

「わざわざ足を運ばせてしまって、申し訳なかったことね」

と言いながら、ふと気付く。

「イヴァン、髪《かみ》が乱れていてよ」

「ちょっと……たちの悪い狐《きつね》に邪魔《じゃま》をされまして」

そう言って、イヴァンは苛立《いらだ》たしげに髪をかき上げた。

え、狐？

エカテリーナは周囲を見回すが、それらしいものがいる様子はない。

代わりに気付いた。

「まあ、ルカ、上着が」

ミハイルの従僕ルカの着ているお仕着せの上着、その袖《そで》に破れと汚《よご》れがある。

これも狐のせいだろうか。彼はミナと一緒に裏庭の入り口で控《ひか》えていたはずなのに、いつの間に？　とエカテリーナは首をかしげる。

「怪我《けが》をしたのではなくて？　医師に診《み》てもらっては」

「お気遣《きづか》いありがとうございます。服だけですので、大丈夫《だいじょうぶ》です」

糸のように細い目をいっそう細めて、ルカは微笑んだ。

そのルカを、イヴァンが睨《にら》んだような。

「時間を取らせてすまなかったね、エカテリーナ。戻ろうか」

そう言ってミハイルが右手を差し出したので、エカテリーナの頭からは今見た一幕は消し飛んだ。うわー皇子のエスコート！　いいのか、破滅フラグ回避《かいひ》的に大丈夫なのかこれ？

しかしマナーとしては、皇子ミハイルの方からエスコートの手を差し伸《の》べてくれている状《じょう》況《きょう》で、公爵令嬢《こうしゃく》エカテリーナがそれを拒絶するのはあり得ない。しかも今までの会話の流れ。

ええい、仕方ない。相手はわんこだ！

脳内で現実逃避《とうひ》をして、エカテリーナはそっと左手をミハイルの右腕《みぎうで》に預けた。

狩猟《しゅりょう》大会の後のガーデンパーティーは、空がまだ明るさを残した時刻で終わりを迎《むか》えた。

とろけるように美味であった大角牛など、豊富な猟果で腹を満たした招待客たちは、満足のうちに去ってゆく。エカテリーナとアレクセイ、そしてミハイルとフローラはこの別邸《べってい》にもう一泊《ぱく》することになっていて、今日の疲《つか》れを癒《いや》すべく早々に部屋に引き上げた。

割り当てられた部屋に入ると、ミハイルは大きく息をついた。

そして付き従ってきた従僕ルカを振《ふ》り返り、微笑《びしょう》する。

「さきほどはご苦労だった」

ルカは主人に頭を下げた。

「あまり時間を作れなくて、申し訳ありません。……さすがユールノヴァ、とんでもないのを飼ってますよ。まともに当たったら、俺なんか秒でのされるでしょうね」

糸のような目をさらに細めて、ルカはにっと笑う。細身も相まって、その印象はいかにも狐だ。

皇国には、幻惑《げんわく》の力を持ち人間に変化して人と子を生《な》す、妖狐《ようこ》が棲《す》んでいる。

「まともに当たるのはお前の流儀《りゅうぎ》ではないだろう。今日のところは、あれで充分《じゅうぶん》だ」

「進展がおありでしたか」

興味津々《きょうみしんしん》で言われて、ミハイルはちょっと嫌《いや》そうな顔をした。

「友達だとは認識《にんしき》された」

「……ささやかですね」

「毛虫から人間になったんだ、大きな進歩だ」

ルカはため息をつく。

「殿下《でんか》をお慕《した》いしているご令嬢は、山ほどいらっしゃるというのに」

「仕方がないだろう。僕は、彼女が好きなんだ」

言い返して、ミハイルはふと口をつぐんだ。ややあって、そっと言い直す。

「僕は、エカテリーナが好きなんだ」

そして、すたすたベッドへ歩いて行くと、仰向《あおむ》けにどさりと倒《たお》れ込んで、ぐいぐいと顔をこすった。

「本当に……こんなに制御《せいぎょ》が利《き》かなくなるものなんだな。ああもう、顔色ひとつ思い通りにならない」

「そんな殿下を拝見する日が来ようとは」

揶揄《からか》うような言葉だが、ルカの声音《こわね》は優《やさ》しい。

「美しいご令嬢たちと接しても、平等に優しくされるばかりでしたのに。エカテリーナ様はそんなに特別なお方ですか」

「……」

ルカの言葉に、ミハイルは考え込んだ。が、すぐに苦笑する。

「言葉に形はないけど、心と比べたらずっと無骨な代物《しろもの》だと思わないか。彼女のどこを好きなのか、自分に説明しようと思って考えたことがある。だけど、優しいとか、賢《かしこ》いとか、きれいだとか……言葉にしてしまうと、彼女をありきたりにするだけだった。感情を説明しようとしても、言葉を通すと陳腐《ちんぷ》にしかならないな。だけど、エカテリーナは」

言葉を切って、あがくように考える。けれど、結局、こんな言葉にしかならなかった。

「不思議で……可愛《かわい》い子なんだ」

エカテリーナは、大人っぽい美人だ。けれど、中身はかなり可愛いと思う。

最初に見かけたのは、学園の入学式。アレクセイの在校生挨拶《あいさつ》の後、新入生代表として挨拶するために、舞台袖《ぶたいそで》に控えていた時だった。

最前列に座る、藍色《あいいろ》の髪の少女。それで、ユールノヴァ公爵令嬢《れいじょう》だろうと見当がついた。その時にはいかにも気品に満ちて大人びた、ちょっときつそうな感じに見えた。

けれどアレクセイが挨拶を終えた後、兄と目が合ったのだろう、ぱっと笑顔《えがお》になって手を振った。その笑顔が、とりすましたところが少しもない、弾《はじ》けるような笑みだった。

可愛いところもあるんだな、と思った。

それだけで好きになったわけではない。ただ、それからも彼女は、会うたびに可愛い面と、不思議な面を見せて。そのたびにだんだんと、好きになっていった気がする。

エカテリーナは、一見、公爵令嬢として完璧《かんぺき》に見える。上品な言葉遣《ことばづか》い、ちょっとした仕草にも気品がある。

それなのに、元平民の男爵令嬢フローラと友達になり、彼女に習って料理をして、アレクセイに昼食を届けにいく。

そして、高位貴族ならば当然の自衛を知らない。

初めて言葉を交《か》わした、昼休みでのことだ。毛虫を見たようにぎょっとされた時。

アレクセイのために作ったお昼を分けてくれるというから、フローラと親しくする姿を見せて彼女の学園内での立場を確かにするために、もらうことにした。

その後、エカテリーナからもひとつもらった。皇族としての自衛であり、たしなみとして。

何かを与《あた》えるにせよ受け取るにせよ、誰《だれ》かを特別視しているわけではないことを示すために、複数の相手は平等に扱《あつか》わなければならない。特に未婚《みこん》の皇族が、異性を相手にする場合には。

あの時のエカテリーナの反応は、高位貴族のものではなかった。領地の臣下には同じ配慮《はいりょ》が必要なはずの彼女が、少しも理解せずただ空腹なのだと思っている様子で、お姉さんぶった笑顔でバスケットを差し出してきた。

ちょっと小癪《こしゃく》で……あれも、可愛かった。

そして、共に魔獣《まじゅう》を撃退《げきたい》した時。

『一人で立ち向かうなんて無謀《むぼう》だけど、でも僕は、君のしたことはとても立派だったと思う』

そう言ったら、エカテリーナの目に涙《なみだ》が浮《う》かんだ。

その前には、フローラと一緒《いっしょ》にへたり込み、アレクセイに飛びついて大泣きして。

ついさっきまで、強力な魔力を駆使《くし》して、魔獣と的確に闘《たたか》っていたというのに。内心は怖《こわ》くてたまらなかったのか。それなのに、逃《に》げずにとどまり、自分とアレクセイと共闘《きょうとう》してくれたのか。

思わず手を取ってしまうほど、可愛かった。

エカテリーナは学園でも人気だ。男子の間であの魅惑《みわく》の体形が話題になることもしばしばで、そのたびに会話に割り込んで、何の話？　と微笑むことにしている。皇子の出現で、すぐに話は終わる。終わらせる。

そこでうっかり水の精のようだった彼女の姿が浮かんで、あわててミハイルは頭から振り払《はら》った。本当に真っ白だった……だから、考えるな。

予想はしていたけれど、領地でも男性が群がっているようだ。アレクセイが蹴散《けち》らしているようだけれど。本人は自分の欠落と魅力に少しも気付いていないのが、心配でならない。

今日交《か》わした会話でも、浴室の水の精像のことで、エカテリーナが公爵邸で育っていないことがはっきりした。そうさせたのが、ミハイルの大伯母《おおおおば》でありエカテリーナの祖母である、アレクサンドラであることも。

会話での情報戦に、彼女は全く不慣れだ。公爵邸で育っていないだけでなく、公爵令嬢としてふさわしい社交ができる環境《かんきょう》に置かれていなかったとしか思えない。

前々から、エカテリーナと彼女の母は、アレクサンドラに虐《しいた》げられていると、皇都の社交界でもっぱらの噂《うわさ》だった。それは事実であったらしい。

はっきり言えば、ミハイルはアレクサンドラが嫌《きら》いだった。会うたびに母マグダレーナ皇后を貶《けな》し、アレクセイにも冷たく接していた彼女。好きになれようはずがない。公爵家《こうしゃくけ》へ降嫁《こうか》した身でありながら皇族としての特権を振りかざし、それでいて義務は当然のように拒絶《きょぜつ》する。皇室の人間として、こうあってはならないという反面教師そのものだった。

それでもアレクサンドラには、存在価値があったのだ。先帝《せんてい》陛下が全幅《ぜんぷく》の信頼《しんらい》を置いていたセルゲイ公へ嫁《とつ》いだことで、セルゲイ公は皇帝の義兄《ぎけい》、準皇族として扱われる立場になっていた。祖父はくだけた場ではセルゲイ公のことを『我が義兄《あに》セルゲイ』と呼んでいたものだ。それが、セルゲイ公の権威《けんい》を高め、革新的な政策を押し進めることを可能にしていた。

革新を嫌うアレクサンドラとの夫婦《ふうふ》仲は、最悪だったようだけれど。

そんな環境に育ちながら、エカテリーナは明るく優しい。欠落している部分もありつつ、聡《そう》明《めい》さには目を見張る。試験では学年一位をとり、行幸では貿易関連の会話で母がすっかり気に入るような理解力を示していた。さらに、あのガラスペン。すごい発想力を持っている。

試験結果の発表の場で、エカテリーナはこう言った。

『ミハイル様は、重いお立場にしっかりと向き合っておられて、ご立派ですわ』

後になればなるほど、あの言葉は深く、胸に沁《し》み入ってくる。

皇帝を継《つ》ぐ者という、立場の重み。それを理解する者は少ない。ましてや、同世代では。

エカテリーナは公爵令嬢でありながら、ふさわしい境遇《きょうぐう》で育たなかった。それなのに、いつかミハイルが肩《かた》に負うであろう重荷がいかなるものかを、他《ほか》の令嬢たちの誰よりも、想像できているような気がしたのだ。

今日の会話で、それは確信になった。

孤独《こどく》、という言葉に、胸を痛める表情になったエカテリーナ。皇帝の孤独について、思いを巡《めぐ》らせているようだった。とても深く。

気楽にわかったようなことを言うのではなく、精一杯《せいいっぱい》に考えて、言える言葉をくれた。優しさを込めて。

――いつか玉座に昇《のぼ》る時……そんな女性が傍《そば》にいてくれたら。

彼女はなぜ、それができるのだろう。それがなにより、不思議だった。

皇帝皇后たる両親も、かなり彼女を気に入っている。皇室からユールノヴァ公爵家へ、正式に婚約を打診《だしん》してもらうことは、容易にできるだろう。

けれど、そういう流れではなく。エカテリーナに自分を、ミハイル・ユールグランを、好きになって欲しかった。

普通《ふつう》なら、皇位継承《けいしょう》者としてはある意味贅沢《ぜいたく》な願いだろう。けれど、両親は互《たが》いに好き合って結婚した。父が母を学園での三年間、ずっと追いかけたらしい。おかげで応援《おうえん》してくれる。ミハイルの配偶者《はいぐうしゃ》に誰が選ばれるのかに、人々は激しい関心を向ける。ミハイルがユールノヴァを訪ねただけで、エカテリーナが最有力だという噂になっているようだ。それを抑《おさ》えることはできない。皇室といえども、噂話を禁じることは不可能だ。

ならばいっそ、皇室として彼女に関心を持っていることを示したほうが良い。エカテリーナはミハイルの婚約者候補として、特別に扱われるだろう。それが、彼女の守りになる。

……けれどもエカテリーナは、全然わかっていないような気がする。あれほど聡明でありながら、そのあたりも欠落しているところだ。

はっきり想《おも》いを伝えたい、と思うこともある。けれどそうしたら、彼女はあわてて逃げてしまうような予感がするのだ。それはもう、ウサギみたいに。そうなったらアレクセイが嬉々《きき》として彼女を懐《ふところ》に入れて、決して渡《わた》してはくれないだろう。

そもそもアレクセイは、エカテリーナを嫁《よめ》に出す気がないように見えるくらいだし。

アレクセイとあんなにべったりだから、エカテリーナに好きな相手はいないに違《ちが》いない。なぜ最初、あんなにぎょっとされたのかは謎《なぞ》だけど。彼女は僕を嫌いではないはずだから。

だから、ゆっくり近付いて――そっと、捕《つか》まえよう。

アレクセイとは、決闘しないとならないかな。

いつか位を継いだ時、その分、彼を使い倒《たお》してやるつもりだ。

お祖父《じい》様の時のセルゲイ公のように、重臣として国政を担《にな》ってもらい、一緒に皇国を動かしていこう。皇帝、皇后、そのすぐ側《そば》に、彼を置く。位人臣を極《きわ》め権力を握《にぎ》っても、私欲の薄《うす》い彼は悪用などしないと信じられる。ただ、エカテリーナを守るためなら、なんでもやってのけるだろうけれど。

それこそ、望むところ。エカテリーナの欠落を、変えてしまうつもりはない。むしろ、彼女は今のままで。母マグダレーナだって、皇后らしからぬ言動を批判されても変わらず、自分らしく皇国を盛り立ててきたのだ。

皇帝は孤独だ。けれど、三人で国を支え、動かしていける未来があるなら……。

アレクセイと僕はずっと、エカテリーナを取り合っていくことになるんだろうな。

「殿下《でんか》、お召替《めしか》えを」

「ああ」

従僕の声にもの思いから醒《さ》めて、ミハイルは身を起こした。

第四章　皇都への帰還

その朝。エカテリーナはフローラと共に、ユールノヴァ城の犬舎を訪《おとず》れた。

猟犬《りょうけん》たちが周囲に集まって来る。ほとんどが、先日の狩猟《しゅりょう》大会で獲物《えもの》を追い込むのに活躍《かつやく》し、たっぷりともらったご褒美《ほうび》の名残《なごり》でつやつやほくほくしているように見える。

そんな中、リーダー犬のレジナは、いつもならエカテリーナが顔を出すとすぐに寄ってきてくれるのに、この日は立ち上がりもせず前足に顔を埋《うず》めて、金色の目だけでこちらを見ていた。

悲しげな視線はこう言っているかのようだ。

(行ってしまうの?)

「レジナ」

エカテリーナはレジナの傍に行って、優《やさ》しく頭を撫《な》でた。

「わたくしたちが皇都に帰ると、解《わか》るのね」

そう。ミハイル皇子殿下歓待《かんたい》の日程は、すべて終わった。

夏休みも終わりが近付いており、エカテリーナとアレクセイも、皇都の魔法《まほう》学園に戻《もど》らねばならない。そのため、ミハイルの帰途《きと》に同行する形で皇都へ向かうことになっていた。

本日はもう、その出立の日だ。

「レジナ、わたくしのお友達。帰る前に、あなたに会っておきたかったの。一緒《いっしょ》に来てくれれば嬉《うれ》しいけれど、皇都はあなたには暑すぎるのですもの。わたくしとお兄様は、来年また戻って来てよ。その時は、またわたくしを守ってくれるかしら」

エカテリーナの言葉をじっと聞いていたレジナは、ようやく顔を上げ、グルル……と小さな唸《うな》り声を立てた。

そして身を起こすと、エカテリーナに頭をすり寄せた後、フローラの前でびろーんとラグマット状態になっていた夫レクスのところへ行って、げしげし踏《ふ》みつけてしばき倒した。

今はもう、出立の時。

ユールノヴァ城の正面玄関《げんかん》前には、公爵家の紋章《もんしょう》をつけた華麗《かれい》な馬車が二台、高貴な客人と公爵兄妹《きょうだい》を乗せる時を待っている。

賓客《ひんきゃく》と主君兄妹を見送るべく、使用人たちや警護の騎士《きし》たちがずらりと立ち並んでいた。

「皆《みな》、ありがとう。素晴《すば》らしい歓待だった」

例によってそつなくミハイルが言い、見送りの者たちは一斉《いっせい》に頭を下げる。ざあっ、と波打つように見えるほどの人数だ。

「留守を頼《たの》む。任せて問題ないと、信頼している」

アレクセイの言葉に、見送りの使用人たちの中で主人に最も近い位置に立っている、ライーサが深く一礼した。

「恐《おそ》れ入ります。閣下、お嬢様《じょうさま》、いただいた大役、全身全霊《ぜんれい》で務めさせていただきます」

実は、高齢《こうれい》の執事《しつじ》ノヴァラスがついに引退したのだ。その後任を、ライーサが務めることになった。ユールノヴァ四百年の歴史にも稀《まれ》な、女性執事の誕生である。

ノヴァラスが引退したといっても自主的にではなく、本人はこのお見送りを最後のご奉公《ほうこう》にさせていただきたい、と言ってまだ粘《ねば》る気を見せていたのだが。何度目の最後だ、という無言のつっこみが各方面からありつつ、アレクセイが「今までご苦労だった」とバッサリ斬《き》った。

父アレクサンドルが公爵《こうしゃく》であった時代、ユールノヴァ城にはライーサとは違う家政婦が送り込まれ、多額の横領に関して主導的役割を果たしていた。

ノヴァラスはそれに加担こそしていなかったものの、全力で目も耳も塞《ふさ》いで、一切《いっさい》止めようとしなかったのだ。

皇都にいる父と祖母から離《はな》れて、ユールノヴァ城で領政にあたるアレクセイを、支える姿勢も全くなかった。アレクサンドルが早逝《そうせい》するとは夢にも思っていなかったため、風見鶏《かざみどり》はアレクセイになびかなかったのだろう。

解雇《かいこ》できるほどの明確な罪状はないものの、長年にわたってアレクセイの不興を買ってきた。

誰《だれ》が見ても年齢的に引退時期であるから、引退勧告《かんこく》は当然でしかない。

不死鳥の風見鶏、ついに墜《お》つ。

とはいえ、そういう状況《じょうきょう》でしれっと粘っていた生命力。この人はまだまだ長生きしそうだ、というか死なないんじゃないか、と囁《ささや》かれている。

それはさておき、ノヴァラスへ引退を勧告すると聞いて、後任にライーサを推《お》したのはエカテリーナであった。

そう言われた時、アレクセイは驚《おどろ》いた顔をしたが、すぐに同意した。妹を甘やかしてのことではなく、当主として、最も適切な人事と判断したからだ。

ユールノヴァ公爵家において、女性が執事を務めた例は、過去にもある。執事が急逝するなどした異常事態で、家政婦が臨時で執事を兼任《けんにん》するといった事例がほとんどではあるが。

とはいえ、その過去の例や、現状からわかることがある。皇国では家政婦の業務は一般《いっぱん》的に、女性使用人の統括《とうかつ》が主だ。しかしユールノヴァ家の場合、全体統括責任者である執事の業務を兼任することがあり得るほど、家政婦は広範囲《こうはんい》な業務を担う場合があった。

ライーサはすでに、ノヴァラスからかなりの業務を肩代《かたが》わりしている。そして彼女は、祖父セルゲイが見出《ぬいだ》した人材。他《ほか》の分家とのしがらみもなく、アレクセイに絶対の忠誠を誓《ちか》う騎士団と繋《つな》がりが深い、全幅《ぜんぷく》の信頼《しんらい》を置ける人物なのだ。

「女性執事への反発はあるだろうが、いったんは前例通り家政婦兼任のまま臨時での就任とし、頃合《ころあ》いを見て正式に任命すればある程度は抑《おさ》えられるだろう。それでいいか」

「お兄様、ご配慮《はいりょ》ありがとう存じますわ。ライーサもその方が、きっとお仕事が容易になりましょう」

「兼任としても、ライーサは家政婦の仕事までは手が回らなくなるだろう。そちらの後任を誰か探さねばならないな」

「それでしたら……心当たりがありますわ」

エカテリーナは微笑《ほほえ》んで言った。

「ノヴァラスのひ孫にあたるご婦人なのですけれど、とてもしっかりした方のようですの。血縁《けつえん》として以前からノヴァラスを支えて、公爵家のお仕事にも関《かか》わっていらして、ライーサとも気心が知れておりますし、ノヴァク伯《はく》の娘《むすめ》マルガリータ様とも親しい間柄《あいだがら》ですわ。そして、すでに嫁《とつ》いで、ノヴァラス家からは離れておられますの」

小首をかしげて、エカテリーナは思案顔をしてみせる。

「お兄様のご不興を買ったノヴァラス家の者をすぐ登用しては、家中の者たちがお兄様をあなどる恐れがありましょう。とはいえノヴァラス家は古株、あまりに厳しくなさっては、家臣たちの力関係が不安定になりすぎるかと。他家へ嫁いだとはいえ血縁の女性、というのは、面白《おもしろ》い匙《さじ》加減になりませんかしら」

アレクセイは、声を上げて笑ったものだ。

「家政婦の人事は女主人の権限だ、お前の思う通りにやりなさい。私を恐れる者は、お前のとりなしでノヴァラス家が首の皮一枚つながったと思うことだろう――私のエカテリーナ、この美しい頭は、知恵《ちえ》の湧《わ》き出る泉でもあるようだな」

そして、ふっと嘆息《たんそく》した。

「考えてみれば、最適の人材だ。性別にとらわれて、ライーサを考慮から洩《も》らしていたとは……。お祖父《じい》様ならば、ためらいなく登用なさっただろう。お前の発想は、本当にお祖父様譲《ゆず》りだ」

そう言った兄を、エカテリーナは真摯《しんし》な表情で見上げる。

「わたくしにできることなど、思いつくことだけですわ。それを実行できるのは、お兄様がしっかりとユールノヴァ領を掌握《しょうあく》なされたからこそでございます。お祖父様の後継者《こうけいしゃ》は、お兄様の他におられません。そのことをわたくし、よくわかっておりましてよ」

アレクセイはエカテリーナの手を取り、指先に口付けた。

「エカテリーナ、私の妹……お前の言葉はいつも、なんと謙虚《けんきょ》で清らかなのだろう。お前の声は、清流のように私の心を洗い清めてくれる」

エカテリーナが例によって、アレクセイのシスコンフィルターの高性能ぶりに感心したことは、言うまでもないだろう。

「お兄様のお留守をライーサが守ってくれることになって、嬉しくてよ。きっとお祖父様も喜んでくださっているわね」

「嬉しいお言葉です……」

いつもプロフェッショナルな印象のライーサが、エカテリーナが祖父セルゲイに触《ふ》れた言葉に一瞬《いっしゅん》、声を詰《つ》まらせた。

遠い昔、寒村から来た下働きだった小さな娘は、ついに公爵家に仕える者の頂点のひとつにまで登りつめたのだ。怖《こわ》いもの知らずに声をかけた、嫡男《ちゃくなん》セルゲイに導かれて。

しかしすぐにきりりと表情を引き締《し》め、さっと手を上げて門番へ合図を送った。

ゆっくりと、ユールノヴァ城の城門が開く。

その向こうから、大きな歓声《かんせい》が上がった。

北都の人々、ユールノヴァの領民たちが、皇都へ帰ってしまう前に高貴な方々の姿を一目見たいと、詰めかけている。

「つつがない道中をお祈《いの》りいたします」

ライーサがそう言うと共に、見送りの者たちが再び一斉に頭を下げた。

それを合図に、ミハイルとフローラ、アレクセイとエカテリーナは、それぞれ馬車に乗り込んでいく。

「ご出立！」

騎士団長ローゼンが声を張り、騎士団の奏者が角笛を吹《ふ》き鳴らす中、一行は皇都に向かう旅路へ踏み出した。

思い返せば、濃《こ》い夏休みだった。

皇都への帰路の最初の夜。自分に与《あた》えられた部屋で、メイドのミナもすでに下がって一人きり。灯《あか》りも消した部屋で窓から夜空を見上げながら、エカテリーナはしみじみしている。

ここは、ユールノヴァ領へやって来た時にも世話になった、小領主の屋敷《やしき》だ。エカテリーナ、アレクセイ、ミハイル、フローラの四人で泊《と》めてもらっている。初老の領主は、丸顔を感激に震《ふる》わせて四人を迎《むか》えてくれた。

来た時と同様に窓から手を振《ふ》ったりしたが、今回はミハイルも一緒《いっしょ》なので歓声が桁違《けたちが》いだ。こういうのに慣れきっているミハイルを、軽く尊敬したエカテリーナである。

が、往路よりも今回の方が歓声が大きいのには、エカテリーナお嬢様の人気が領内で盛り上がっているせいもあるのだが。さっぱり気付いていないところは、相変わらずである。

ほんっと、ユールノヴァではいろいろありました。

来たばかりの時には、この地の風の匂《にお》いや空の色を懐《なつ》かしいと思いながらも、前世のスイスや北欧《ほくおう》に来たみたいな異国情緒《じょうちょ》を感じていたんだったなあ。

今はもう、すっかり見慣れた。石造りと木材やレンガが混在した建物、洗練と素朴《そぼく》が調和する美しい街の風景。外出するたびに笑顔《えがお》を向けて、手を振ってくれる人々。公爵令嬢《こうしやくれいじよう》、領主の妹として、彼らに手を振るのにもすっかり慣れたのが、あらためて考えると面映《おもはゆ》い。

アラサー社畜《しやちく》なんぞが手を振ったりしててすみません。

そしてユールノヴァ城に着いたら、お兄様への抵抗《ていこう》勢力、ノヴァダインたちが待ち構えていて。ローカル悪役令嬢、キーラとも顔を合わせたんだった。

祝宴《しゆくえん》で、お兄様があっさり返り討《う》ちにしてくれたけど。

いや、あっさりなんて言ったらバチが当たるか。お兄様たちが前々から情報収集して、連中の出方も手札も把握《はあく》し対応の準備ができていたからこその、あの結果だったもの。

あらためて、私のお兄様は世界一素敵《すてき》です！

ノヴァダイン家は爵位も財産も没収《ぼつしゆう》されて、ローカル悪役令嬢は平民落ち。……やっぱり、悪役令嬢が目立つことするとそうなるんだ……。ぶるぶる。

身につまされたのもあって、実はキーラちゃんには仕事を斡旋《あつせん》しました。

貴族令嬢、それもあまり人生経験のない十五歳にできる仕事って悩《なや》ましくて——作法や教養が優《すぐ》れていれば家庭教師が没落令嬢の定番職なんだけど、キーラちゃんはねえ。仕事よりお嫁《よめ》に行く方がこの世界の常識に合っているかな、と思ったけど、いくら元伯爵令嬢でも、今はノヴァダインの名前が負の資産すぎてまっとうな嫁ぎ先はありそうもなかった——本人に仕事内容の見当がつくであろう、メイドをやってもらおうかと。

予想通りかなり抵抗されたけど、ま、現実として他《ほか》に行き場がないし。縦ロールを三つ編みに変えて、弁護士のダニールさん家で、ギャーギャー反抗しながらも意外に頑張《がんば》って働いているみたい。負けず嫌《ぎら》いだから。

私も没落することになったら、メイドになって働いて、お兄様を養ってさしあげよう。そんな希望をもらいました、ありがとう。

そのあと、山岳神殿《さんがくしんでん》への代参の旅へ――。

これこそいろいろあったわ……森の民《たみ》の居住地で、死の乙女《おとめ》セレーネ様と死の神様に会って、アイザック大叔父《おおおじ》様と初めて会って、山岳神殿で山岳神様に会って、噴火《ふんか》の神託《しんたく》をいただいて。

そうそう、噴火すると神託のあった山を視察に行ったフォルリさんが帰って来ましたよ。なんとか皇都へ帰る前に会えて、報告を聞くことができてよかった。

近隣《きんりん》の村人たちが、言われてみれば前より噴煙《ふんえん》や地震《じしん》が多くなってきて、ちょっと不安に思っていたと言っていたそうで、過去の噴火時の兆候から考えて、明日明後日《あさって》ということはないけれどそんなに余裕《よゆう》はないのでは……とのことだった。

それで、アーロンさんが避難《ひなん》先として提案してくれた旧鉱山の鉱夫の宿舎を急ぎ修繕《しゅうぜん》して、村人たちに移住してもらうことに。生活基盤《きばん》をすべて置いての移住は大変だろうけれど、なにしろ神様が噴火を伝えてくれたわけで、多くの村人は移住に同意しているそうだ。

移住後は鉱山の仕事をしてもらうか、山に慣れている人たちなので植林の仕事にたずさわってもらってはどうだろう、とフォルリさんと相談中。村人の意見も聞いて方針を決めたら、しかるべき部署へ引き継《つ》いで対応していただきます。

そして、神託をいただいた帰り道で、ついにラスボスと遭遇《そうぐう》。

魔竜王《まりゅうおう》、ヴラドフォーレン様。

あらためて、絶世の美形でしたよ人間バージョン。美しすぎて細部が思い出せない。黎明期《れいめいき》のハリウッド映画では、女優をより美しく見せるためにカメラに薄布《うすぬの》をかけて画面をぼかしたそうだけど、記憶《きおく》が勝手にそれをやってます。そうしないと実物の凄《すご》さを表現できないせいだと思う。

しかしなんで勝手に演出家になっているんだ、私の記憶。器用か。

それほどまでに美しい人間バージョンだったけど、それ以上にかっこ良かったのが竜バージョンだったなー。ファンタジーのドラゴンそのものの姿、そしてあの巨《おお》きさ。いつもジャンボジェットに喩《たと》えるけど、ジャンボジェットを真下から見たら、巨きさだけで感動するよね。でも、それが生きてるんだから。神々にも近いほど強力なエネルギーに満ちた存在が、翼《つばさ》を広げて宙にいたんだから。あの感動。うまく表現できないけど、雄大《ゆうだい》な自然を見た時くらい圧《あっ》倒《とう》された。

……そんなお方に、えらいこと言われましたよ……伴侶《はんりょ》……やめようフリーズする。

うん、考えまい。

だって私のどストライクは――お兄様だっ！

人生全部、お兄様のために使って悔《く》いなし！

例によって、エカテリーナは拳《こぶし》を握《にぎ》る。

結婚《けっこん》だって、お兄様の都合のいい相手とでいいもん。ていうかその方が楽……。

と、エカテリーナが遠い目をした時。

「エカテリーナ」

二階の窓の外から、低い美声が呼びかけた。

バスバリトンか、バスボイスに分類される声だった。

息を呑《の》んで、エカテリーナはあらためて窓を見る。

この世界の夜は、きらめく光に彩《いろど》られていた東京の夜景とはまるで違う。夜はすなわち闇《やみ》であり、光は月と星のほかにない。それが基本である世界だ。

だからこそ、月の光が前世よりはるかに明るく感じる。すぐに目が吸い寄せられた、月影《つきかげ》に浮《う》かび上がる黒い猛禽《もうきん》の輪郭《りんかく》と、赤く光る目に。

「魔竜王様……⁉」

あわててエカテリーナは立ち上がる。夜着《ネグリジェ》の上にショールを羽織り、急いで窓に歩み寄って開いた。

領民たちに手を振った大きな窓の外枠《そとわく》に、黒い猛禽がとまっている。

と認識《にんしき》したとたん、猛禽は消えた。変わって——。

人間の姿のヴラドフォーレンが、ゆったりと長い足を組んで、窓枠に優雅《ゆうが》に腰掛《こしか》けていた。

「しばらくぶりだな」

紅炎《こうえん》の瞳《ひとみ》が、笑みを含《ふく》んでエカテリーナを見上げる。

「は、はい、お久しゅうございます」

思わずそう答えて、エカテリーナははたと我《われ》に返った。

エカテリーナは窓際《まどぎわ》にいて、ヴラドフォーレンは窓枠といっても部屋の内側に身体《からだ》を向けた状態で腰をかけているわけで、ほぼ室内にいる。

夜、同じ部屋に男性と二人きり。貴族令嬢として致命的《ちめいてき》なスキャンダル。奥さん事件です。

ボケはいらんぞ自分。

というか、近い。近すぎる。

「お越《こ》しいただき光栄に存じますけれど……このような時刻に婦女子の寝室《しんしつ》に足を踏《ふ》み入れるなど、わたくしどもの慣習に反しておりますわ」

「だろうとは思った」

平然と、ヴラドフォーレンは言う。

「だが、お前と話したかった」

エカテリーナは思わず彼と目を合わせ——あわてて目をそらした。

相変わらず美形ですね！　美形すぎて直視できませんわ。

「俺の領土はこの北の大森林だ、もうすぐお前はここを去るのだろう。その前に、姿を見て、声を聞いておきたかった……。だが他の者がいるところで訪ねては、騒《さわ》ぎになると思ってな」

……それは、まあ。

うん……お兄様や皇子がいるところにこの方が現れたら、それはもう大騒ぎになってしまうよね。

とはいえ、これはこれでマズいんですが。

「ご配慮《はいりょ》ありがとう存じますわ。ですが、このようなところを誰《だれ》かに見られたなら、わたくしの評判は地に落ちて家名を辱《はずかし》めることになってしまうのです。そうなってしまいましたら、兄がどれほど心を痛めることか」

ていうかお兄様は、魔竜王様に決闘《けっとう》を申し込んで、局地的氷河期とか起こしそうです。

ブラコンらしく兄を心配するエカテリーナだが、スキャンダルになることは理解しているのに、そもそも異性と二人きり、という状況《じょうきょう》に対する危機感はすっぱり欠如《けつじょ》している。前世でSEなどやっていたため、深夜に異性（同僚《どうりょう》）と密室（サーバー室）で二人きり、という状況が全く珍《めずら》しくなかったのが悪かった。

「相変わらず、お前は兄が一番大事か」

「もちろんですわ！」

高らかにエカテリーナが言い切ると、ヴラドフォーレンは笑った。

そして、窓枠をひらりと越え、窓の外に立つ。

「お前の護衛に邪魔《じゃま》されないよう、気配は消している。そして、他の者には、俺は鳥の姿に見える。お前の名誉《めいよ》に傷が付くことはないはずだが……お前の望みは尊重する。これなら、足を踏み入れてはいないだろう」

思わず、エカテリーナはその足元をのぞき込んだ。もちろん何もない。ヴラドフォーレンはこともなげに中空を踏んで立っている。

そういえば、初めて人間バージョンになった時もこういう立ち位置でしたね。ほんとにどうやって浮いているんだろう、フシギー。そして他の人からは鳥の姿に見えるって、どういう原理でそうなるんだろう。

と、ヴラドフォーレンが紅炎の目を細め、ふふ、と笑う。

「女を恋《こ》うる男が、こうして窓の外から女に呼びかけるのを見たことがある。俺もなかなか、人がましい真似《まね》をしているようだ」

いや、宙に浮いている時点で人間ではあり得ないです……というつっこみはさすがに口に出せないエカテリーナだったが、ふと、そういえばこの状況が何かに似ているような気がして記憶をたどった。

あ……思い出した。ロミオとジュリエットだよ……。

いや、あれは確かバルコニーだから。ここにはバルコニーないから。ていうか他《ほか》にもいろいろ違《ちが》うだろ、フリーズしそうなことは考えるんじゃない自分。伴侶とか言ってもらったこととか考えない！　保留！

……こうして気遣《きづか》ってもらっても、これもやっぱり令嬢《れいじょう》としてマズいとは思うんだけど。異種族コミュニケーションなのに、今もできる限り人間に寄せてきてくれているのは、よく解《わか》る。その気になれば、無理矢理《むりやり》さらうこともたやすい存在なのだもの。

窓の外でも駄目《だめ》だから帰ってください、とはちょっと言えない。気遣いには気遣いを返すべきだよね。

あと……確認したいこともあるし。

「都合も聞かずにさらっていかないでくださるのですもの、紳士《しんし》としてたいそう進歩なさいましたわ」

悪戯《いたずら》っぽくエカテリーナが言うと、思いがけずヴラドフォーレンは真摯《しんし》な表情になった。

「紳士のふるまいなど知ったことではない。ただ俺は、お前が望まないことはしない。お前を特別に思うからだ」

だから、フリーズするからやめてくださいってば。

そんなエカテリーナの内心の声が聞こえたわけではないのだろうが、ヴラドフォーレンは不意に表情をあらためた。

「それはそうと、お前に言っておくべきことがある」

「どのようなことでございましょう」

きょとんとエカテリーナは首をかしげる。

「お前は少し、用心を覚えろ。小妖精《しょうようせい》ごときにたぶらかされてどうする」

ぎゃあ！

わーんそんなこと言われたって！

「あ……あの小妖精をお叱《しか》りくださったのは、やはり魔竜王《まりゅうおう》様でしたの？」

「そうだ。あの道化《どうけ》者には、今度お前に不埒《ふらち》な真似をしたら、溶岩《ようがん》たぎる火山の火口へ放《ほう》り込むと言い渡《わた》してある」

な、なるほど、あの小妖精がビビり倒《たお》していたわけだわ。溶岩たぎる火口……都市伝説《ちいさいおつさん》でも、一瞬《いっしゅん》で蒸発しそう。

ていうか、やっぱり！　魔竜王様見てたんですか。まさか、私のふともも見られた⁉

「お前の命令に服従するよう、言い付けもした。あやつらは悪ではないが、誠意など欠片《かけら》も持ち合わせぬ者共だ。口約束ひとつで解放などするな」

「あ、あの時は……わたくしの側仕《そばづか》えが、あの者を川の淵《ふち》に沈《しず》めると申しましたので、それを止めたかっただけだったのですもの」

　首を縮めながらも、エカテリーナは反論する。

　おっさんに重石《おもし》をつけて川に沈める……嫌《いや》です夢に出てきます。昭和の反社会的勢力映画の恐怖《きょうふ》シーンです。

　いちご栽培《さいばい》も森の民《たみ》との連絡役《れんらくやく》も、前から狙《ねら》ってたわけじゃなくてあの場の思い付きだったもの。小妖精が口先でやると言っておいてすぐ逃《に》げたって、別にダメージ受けるわけじゃなかったし。

　社畜《しゃちく》時代は「立っている者は鬼《おに》でも使う」が信条でしたけど。あれは、炎上案件の火消し役やらされて常時せっぱつまっていたからで、今はそこまでしませんよ。

「お前は、妖精界から戻《もど》れぬ身になるところだったのだぞ。そんな呑気《のんき》なことでは、あやつがまたお前を狙ったなら、たやすく連れていかれるだろう」

　うっ！

　そ、それは確かに。ミナがファインプレーで助けてくれて、さらわれそうになった実感がなかったもんだから。呑気と言われれば反論できない対応だったかも？

　な、なんか、治安の良い日本に慣れきった日本人観光客が、海外のハードな地域でバッグからお財布《さいふ》見えてても呑気にしていて超危《ちょう》なっかしいカモネギ状態、みたいな感じだったのかもしれない！

いかん、それはいかんぞ！

うら若い女性として現在進行形で呑気なくせに、心で拳《こぶし》を握《にぎ》っているエカテリーナである。

「ご教授ありがとう存じますわ！　兄のいない世界に連れて行かれては、わたくし生きていけません。二度とあのような危険に遭遇《そうぐう》することのないよう、しかと用心いたします！」

「ああ……しかし急にどうした？」

突然《とつぜん》盛り上がったエカテリーナに、ヴラドフォーレンはけげんな顔になった。

そこへ。

控《ひか》えめなノックの音がする。

「エカテリーナ様……起きていらっしゃいますか？」

フローラの声に、エカテリーナは固まった。

ああっ、夜遅《おそ》くに声が大きすぎた！

フローラちゃんは隣《となり》の部屋なんだから、そりゃ窓開けて話していたら聞こえるわ。ど、どうしよう。

焦《あせ》るエカテリーナだが、ヴラドフォーレンは悠然《ゆうぜん》と構えている。

「落ち着け。他の人間には、俺の姿は鳥に見えると言っただろう」

他人の目には、少女が鳥と語らっている図にしか見えないと。

いやそれ、私がめちゃくちゃ夢見がちな子じゃないでしょうか。

「あれは、お前が近頃《ちかごろ》いつも一緒《いっしょ》にいる娘《むすめ》か」

「はい、わたくしの大切なお友達、フローラ様ですわ。聖の魔力をお持ちでいらっしゃいますの」

「ほう」

ヴラドフォーレンの声に、興味ありげな響《ひび》きが混じる。それを聞き取って、エカテリーナははっとした。

そういえば、魔竜王様は聖の魔力を持つ聖女と、因縁《いんねん》が深いんだった。

ていうか、うっかりしてた！

夏休み中は乙女《おとめ》ゲームのシナリオと関《かか》わりがないから、ここしばらくゲームのことが頭からすっかり飛んでたけど。

魔竜王様は、乙女ゲームの攻略《こうりゃく》対象なんだよ。つまり、フローラちゃんの恋《こい》のお相手になるかもしれない候補者！

この状況《じょうきょう》は、たぶんゲームでの出会いとは全然違うのだろうけど。でも、顔を合わせたら、ルートに入る可能性が……!?

いや、ユールノヴァに来た時点で、魔竜王ルートに入っていたのかも!?

フローラちゃんはどうやら、皇子ルートには入っていないようだった。いやわかんないけど、自覚ないだけ、とかだったらわかんないけど。

一度、顔を合わせてもらった方がいいのでは⁉

今うやむやにすると、後々モヤモヤ考えることになるような気がするし。こういう時はスパッとやってしまった方が、精神的に楽!

あ、いやでも夜中だし。

はっ! フローラちゃん、当然もう夜着《ネグリジェ》だよね。

いかん。清純派ヒロイン・フローラちゃんをいきなりそんな姿で会わせるなんて、お姉さんは許しません!

などと脳内であれこれにかまけていたため、フローラへの返答が遅《おく》れ——。

時間切れ。

部屋の扉《とびら》が、ためらいがちに開かれた。

「あ……起きていらしたんですね。遅い時間にすみません」

ドアの陰《かげ》から顔を覗《のぞ》かせたフローラが、恐縮《きょうしゅく》した様子で頭を下げる。

「フローラ様。このような時刻に、いかがなさいまして?」

しゅっと令嬢の皮を被《かぶ》って、エカテリーナは穏《おだ》やかに微笑《ほほえ》んだ。

「話し声が聞こえた気がしたんです。それで、万一エカテリーナ様の身に何かあったらと心配になって……」

「まあ、フローラ様」

エカテリーナはほろりとする。心配してくれるなんて、ええ子や。

「ありがとう存じますわ。ご心配いただくようなことは、何もございませんのよ……」

ヒロインを攻略対象と会わせるべきか、まだ迷いがあるため、エカテリーナの語調はあいまいになる。

それを不思議に思ったのだろう、フローラがあらためて部屋の中を見回し――窓の外のヴラドフォーレンに気付いた。

「エカテリーナ様、こんな時間にあんな大きな鳥が？」

「え、ええ。珍《めずら》しゅうございますわね」

よかった、本当に鳥に見えているんだ。

安堵《あんど》しているエカテリーナに気付かない様子で、フローラはじっと『鳥』を見つめている。

そして、はっと息を呑《の》むと、部屋へ駆《か》け込んできた。

「エカテリーナ様、あれは、鳥ではありません！」

エカテリーナを背に庇《かば》ってヴラドフォーレンに向き合った、フローラの中に――魔力が、満ちる。

「フローラ様……！」

エカテリーナの制止は間に合わず、フローラの身体《からだ》から、白い光が放たれた。

光が、ヴラドフォーレンを包む。

これは、かつて学園に魔獣《まじゅう》が出現した時、その魔獣を撃退《げきたい》した聖の魔力だ。エカテリーナ、アレクセイ、ミハイルが共闘《きょうとう》してもなお、倒しきれなかった強力で凶暴《きょうぼう》な魔獣が、この白い光に包まれると鎮《しず》められ和《やわ》らいで消えていった。

あの時にはまだ自分の魔力が何かも知らなかったフローラだったが、その後は研鑽《けんさん》を重ねて魔力を磨《みが》き、聖の魔力は当時より威力《いりょく》を増している。

が——その光はあっさりと弾《はじ》け飛んで、消えた。

エカテリーナの目には、ヴラドフォーレンは変わらず悠然と宙にたたずんでいるように見える。しかし、フローラは目を見張っていた。

「人間……？」

ああ、フローラちゃんにも魔竜王《まりゅうおう》様は人間の姿で見えるようになったんだ。というか、鳥に見える仕掛《しか》けが無効化されたのだろう。

そのヴラドフォーレンは、じっとフローラを見据《みす》えている。そして、すうっと宙を滑《すべ》って窓から部屋へ入ってきた。

わずかに身を引いたものの、フローラはエカテリーナを庇う位置から動かない。

床《ゆか》に降り立ち、ヴラドフォーレンは呟《つぶや》いた。

「確かに、聖女だ。それも、稀代《きたい》の――まだ原石のようだが、すでに輝《かがや》きが見えている」

「さようでございましょう？」

こんな状況にもかかわらず、思わずドヤるエカテリーナである。

そして、やはり夜着だったフローラに自分のショールを一緒に使わせようとして、後ろから抱《だ》き付く形になった。

「あ、あの、エカテリーナ様」

赤くなってうろたえたフローラの肩《かた》をぽんぽんして、エカテリーナはヴラドフォーレンに厳しい目を向ける。

「悪気はおありでないことは承知しておりますけれど、身支度《みじたく》の調《ととの》わない女性をそのようにまじまじとご覧になるなど、あまりにぶしつけなされようですわ。わたくしの大切な友人が、たいそう困惑《こんわく》しておりますわ。どうか今宵《こよい》は、もうお引き取りくださいませ」

「ふむ」

ヴラドフォーレンは、絶世の美貌《びぼう》に苦笑《くしょう》を浮《う》かべた。

「興味を引かれて、礼を失した。すまなかったな、聖女にも謝罪しよう」

「えっ」

礼儀《れいぎ》正《ただ》しく言われて、フローラはかえってうろたえたようだ。

「しかし、この際だ。挨拶《あいさつ》とやらをしたほうがいいか？」

そう言ったヴラドフォーレンの視線は、エカテリーナの後ろ、部屋の扉へ向けられている。

どういう意味でしょう——と言いかけた時。

寝静《ねしず》まっていたはずの小領主の屋敷《やしき》に、ざわめく気配があることに気付いた。


あ……さっきの、フローラちゃんの魔力！

魔力を持っている人間って、近くで誰《だれ》かの魔力が発揮されれば、感じ取ることができるのよ。

魔竜王様が稀代の聖女と評したほどのあの魔力なら、この屋敷内にいる魔力持ちは、飛び起きる勢いで気付いたんじゃ……。

青ざめるエカテリーナをよそに、駆け付ける足音が——近付いてくる。

「エカテリーナ！」

真っ先に飛び込んできたのは、もちろんと言うべきかアレクセイだ。

早っ！　さすがお兄様！

「お嬢様《じょうさま》！」

アレクセイのすぐ後に、ミナとイヴァンがほぼ同時に駆け込んでくる。こちらも早い。それどころではないというのに、この二人がシスコンウイルスに感染《かんせん》している疑惑《ぎわく》を深めたエカテリーナである。

室内の状況を見るや、アレクセイはすぐさまエカテリーナとフローラを背に庇い、ヴラドフォーレンと対峙《たいじ》した。ミナとイヴァンが、アレクセイの左右で守りを固める。

「何奴《なにやつ》だ」

低い声で誰何《すいか》する、アレクセイが長剣《ちょうけん》を手にしていることに気付いて、エカテリーナは縮み上がった。いくら兄でも、ミナとイヴァンでも、ヴラドフォーレンとまともにぶつかれば敵《かな》うはずはない。

「お兄様、お待ちになって！」

思わずエカテリーナはアレクセイに駆け寄って、腕《うで》にしがみつく。

その時。

「エカテリーナ！」

飛び込んできたのは、ミハイルとルカだった。

「ミハイル様……」

君が来たらダメだろ！　皇位継承《けいしょう》権第一位の超《ちょう》VIP.なのにー！

って今更《いまさら》だったね！　学園での魔獣出現の時も、大角牛の時も、迷わず駆け付けてくれる子だったよ君は！

おそるおそる振《ふ》り返って見ると、ミハイルはアレクセイと対峙するヴラドフォーレンに険しい目を向けている。聡《さと》い彼だけに、ヴラドフォーレンが侵入者《しんにゅう》であり尋常《じんじょう》な存在でないことを、一目で見て取ったのだろう。

そして、この美麗《びれい》な外見を持つ男が、エカテリーナに会いに来たのだということを。

アレクセイ、ヴラドフォーレン、ミハイル。

それぞれ趣《おもむき》の異なる見目麗《みめうるわ》しい男性たちが一堂に会した状況《じょうきょう》に、室内の空気は痺《しび》れるような緊迫感《きんぱくかん》に満ちたようだった。

エカテリーナはもはやパニックだ。

わーんどうしたらいいんだ！　こんな全員集合はいらんー！

アレクセイの腕にぎゅうぎゅう抱き付いているエカテリーナは、もはや兄を制止するのではなく兄を精神安定剤《ざい》にしている。前世社畜《しゃちく》のスキルは、この状況においては無力、どころか前世から筋金入りの残念女であるがゆえに、マイナスにしかならないらしい。

と、ヴラドフォーレンが紅炎《こうえん》の瞳《ひとみ》にふっと笑《え》みを浮かべた。アレクセイに向かって言う。

「問われたゆえ名乗ろう。人間たちは俺を玄竜《げんりゅう》と呼ぶが、俺の名はヴラドフォーレン。この北の地に棲《す》む魔獣どもを統《す》べる、魔竜王だ」

「玄竜……！」

ミハイルが息を呑んだ。

ルカがすっと立ち位置を変え、主人ミハイルを守る態勢をとる。

「やはり」

呟いたアレクセイは、自分の腕にしがみついている妹に視線を落とし、ネオンブルーの瞳で厳しくヴラドフォーレンを見据えた。

しかし、彼の根幹とも言える貴族の矜持《きょうじ》により、礼儀には礼儀を返す。

「名乗られたからには、名を返す。私はアレクセイ・ユールノヴァ。このユールノヴァ公爵《こうしゃく》領を治める領主」

「エカテリーナの兄だな」

「気安くユールノヴァの女主人の名を呼ぶな」

ヴラドフォーレンの言葉に、アレクセイの声音《こわね》は怒《いか》りに震《ふる》えた。

「お前が何者であろうと、我が妹エカテリーナをこれほど怯《おび》えさせたことは許しがたい……！」

「お兄様！　わたくし怯えてなどおりませんわ！」

アレクセイの腕を引っ張って、エカテリーナは叫《さけ》ぶ。

わーん魔竜王様に濡《ぬ》れ衣《ぎぬ》を着せてしまった。そんなんじゃないのにー。

本当にただ、この全員集合が、もうどうしたらいいかわからないだけなんですー！

ひ……一人一人は優《やさ》しくて、何も怖《こわ》いことはないのに。なんでこう三人揃《そろ》うと、どうしたらいいのかわからない怖さがあるんだろう。

前世でも今生でも恋愛《れんあい》が怖いエカテリーナ。無意識に全力で目をそらしているものが、定《さだ》かならぬ姿を現そうとしていれば、それはまるでお化けのように恐《おそ》ろしく思えるだろう。

「エカテリーナ……お前は下がっていなさい」

「いいえお兄様、わたくしは絶対にお兄様から離《はな》れはいたしません！」

だって万一にもここで、お兄様&皇子vs魔竜王《まりゅうおう》様で激突《げきとつ》なんてことになったら。

いくらお兄様と皇子でも、竜バージョンの姿を思い出せば、魔竜王様にはどうしたって敵わない。

そしてお兄様と皇子の身に何かあったら、魔竜王様はユールノヴァにとってこの皇国にとって、不倶戴天《ふぐたいてん》の敵になってしまう。皇国の威信《いしん》にかけて討伐《とうばつ》する、という話になって、軍隊が差し向けられて、魔竜王様が応戦。やがては、皇都襲来《しゅうらい》。皇国滅亡《めつぼう》……！

ダメ絶対！

その前段階のお兄様と皇子の身に何か、ってところでダメ絶対ー!!

「皆様《みなさま》、わたくしにとって大切な方々でございます。どうか、どうか、争いごとなどおやめくださいまし！」

……後で、『喧嘩《けんか》を止める昭和の有名歌謡《かよう》曲の自己陶酔《とうすい》系ヒロインか自分ー！』と、布団《ふとん》を被《かぶ》って転げ回りながら全力でつっこむことになるエカテリーナだが、今は必死だ。

この状況、キーパーソンはお兄様。シスコンお兄様が私のためと思って武力行使に出てしまうのが最大のリスクで、魔竜王様と皇子はそれほど心配はいらない。

だからとにかくお兄様にくっついていれば、バトル展開にはさせずにすむ！

と考えたエカテリーナは、コアラかナマケモノと張り合う勢いでアレクセイの腕に貼《は》り付い

ている。

「お兄様、わたくしを愛していらっしゃいまして!?」

「もちろんだ、我が最愛のエカテリーナ」

即答《そくとう》。さすがお兄様。

「では、わたくしのお願いをお聞き届けになって、お鎮《しず》まりくださいまし。わたくしのせいでお兄様が傷など負われることになりましたら、わたくし耐《た》えられません。生きていくのも辛《つろ》うございます……」

「エカテリーナ……」

目を潤《うる》ませて見上げる妹と目が合って、アレクセイの動きが止まる。

と、その時。

くっ、と笑い声がした。

こらえかねた様子で、ヴラドフォーレンが高らかに笑い出す。

「お前は相変わらず子供のようだな、エカテリーナ」

ええ？

心外！　私、皇国滅亡を防ごうと奮闘《ふんとう》中なんですが！

……そりゃやってることは、ブラコンでシスコンを誘発《ゆうはつ》してうやむやにする、ってだけですけれども……。

と、ふーっと長いため息が聞こえた。ミハイルだった。

「あー……魔竜王、とお呼びすればいいだろうか」

「それでいい。お前は」

「僕はミハイル・ユールグラン。このユールグラン皇国の皇子」

「殿下《でんか》」

低く、アレクセイが制する。皇国の作法では、通常であればこうした場合、ミハイル自ら名乗るのではなくアレクセイがミハイルの名と身分を告げるべきだった。しかし敵か味方か判然としない相手であるがゆえに、アレクセイはあえてミハイルの身分を伏《ふ》せたのだ。

ミハイルは首を横に振った。

「かまわない。最古にして最強の竜という伝承が正しいなら、人間の身分など気にも留めないはずだから」

「ほう」

いくらか興味を引かれた、という様子で、ヴラドフォーレンはミハイルに紅炎の目を向ける。

夏空色の瞳で、ミハイルはその視線を受け止めた。

「魔竜王、差し支《つか》えなければお尋《たず》ねしたい。エカテリーナとは、どういうご関係だろうか」

単刀直入な問いに、ヴラドフォーレンの視線が一瞬《いっしゅん》、鋭《するど》くなる。

が、すぐににやりと笑った。

「関係か。どうやら——お前と同じようなもののようだ」

両者の視線が同時に横へ流れ、エカテリーナへ注がれた。

エカテリーナはまだコアラ状態でアレクセイにべったり貼り付いたまま、紫《むらさき》がかった青い目をきょとんと見開いている。

それを見てヴラドフォーレンは笑い、ミハイルはもう一度ため息をついた。

……えっと、なんなんでしょうか。

もしもし、そこのお二人ー。何か妙《みょう》に解《わか》り合ってません？　初対面ですよね？

魔竜王様との関係が、皇子と同じようなものってどういうことでしょうか。

私がなんの話かわからないのに、なんで君がわかってる風なんだよ皇子！　くそう、なんか腹立つ！

わからない本人が悪いので、これは逆ギレである。

「答えてくれてありがとう。よくわかった」

ミハイルが言うと、ヴラドフォーレンはふっと笑った。

「お前もなかなか面白《おもしろ》い。昔、アストラ帝国《ていこく》の皇帝と会ったことがあるが、奴隷《どれい》に担《かつ》がせた輿《こし》に乗った、太った傲慢《ごうまん》な男だった。お前は、だいぶ違《ちが》うようだ」

えっ、アストラ帝国の皇帝？

誰《だれ》？　何代目の何帝ですか？

あ、いかん。つい、歴女の血がたぎってしまった。

それにしても皇子、魔竜王様を相手に気圧《けお》されてないね……言葉遣《ことばづか》いも、丁寧《ていねい》だけど対等……。

人間バージョンとはいえ、尋常《じんじょう》な存在ではないことは、ありありと感じられるのに。十六歳ですごいな、さすが皇位継承《けいしょう》者。

「エカテリーナ」

「はい！」

思いがけずヴラドフォーレンに声をかけられて、つい元気よく返事をしてしまったエカテリーナである。

「兄と一緒《いっしょ》にいて、幸せか」

そう訊《き》かれて、思わずまばたく。

しかし、すぐにうなずいた。

「はい、わたくしはとても幸せですわ」

お兄様と一緒にいられて、私は本当に幸せですよ。

全面的に絶対的に愛してもらえて、精一杯《せいいっぱい》の愛情を返すと受け取ってくれて喜んでくれて。

過労死するまで頑張《がんば》っても何も報《むく》われなかった前世の記憶《きおく》があるから、今の幸せがよくわかる。社畜《しゃちく》だった前世では私の精一杯は、何の価値もないように扱《あつか》われていたもんでした。それを思い出すと、今の人生はなんて幸せなんだろうって思う。

それに、危険かもしれないのに駆《か》けつけてくれる、すごくいい友達もいて。守ってくれるミナとイヴァンもいる。

破滅フラグとか皇国滅亡とか、いろいろあったりはしますけど。

前世が庶民《しょみん》なのに公爵《こうしゃく》家のご令嬢《れいじょう》とか、腰《こし》が引けてしょうがなかったりもしますけど。

でも、考えれば考えるほど、私は幸せだなあと思いますよ。

「そうか」

ヴラドフォーレンは微笑《ほほえ》んだ。

「ならば、当分はそうしているがいい。女は幸福な方が美しい」

うっ……。

な、なんか「うっ」てなった！　胸にきた！

絶世の美形の笑顔《えがお》って危険。そうだよ、この方は危険物だったー。でもお兄様がいてくれるから、安全。

などとエカテリーナは思ったが。

微笑んだままヴラドフォーレンはわずかに目を細め、囁《ささや》いた。

「だがいつまでもそのままにしておくとは……思うな」

ひえええええ。

ひしっと兄にしがみついた腕《うで》にいっそう力を込めて、エカテリーナは固まる。

声が！　囁きが！

危険！　なんか知らんけど危険ー！

そんなエカテリーナを抱《だ》きしめて、アレクセイはネオンブルーの瞳《ひとみ》でヴラドフォーレンを睨《にら》んだ。

「我が妹を怯《おび》えさせるのは許さないと言ったはずだ」

「お前たち兄妹《きょうだい》は、見目は似ていないが中身は似たところがあるようだな」

平然と言われた言葉に、アレクセイはけげんな顔になった。

この兄妹、恋愛《れんあい》関係にやたらと疎《うと》いところは確かに似ている。

「俺を恐《おそ》れないのは蛮勇《ばんゆう》というものだ。だが、エカテリーナの守り手ならば、それくらいが望ましい」

傲然と言い放つと、ヴラドフォーレンはすっと退き、窓際《まどぎわ》に立った。

「騒《さわ》がせてすまなかったな。俺はこれで去る」

「あ、あの！」

声を上げたのはフローラだった。

「エカテリーナ様のお知り合いとは存じ上げず……失礼をして申し訳ありませんでした」

深々と頭を下げる。

ヴラドフォーレンは、初めて戸惑《とまど》ったような顔をした。

「聖女たちとは、最初は対立するのが常だった。頭を下げられると、妙な気分だ。……俺が人間の常識に反した訪ね方をしたのが悪いのだろう、お前が気に病《や》む必要はない」

そして彼はあらためて、室内の人間たちを見渡《みわた》した。アレクセイとエカテリーナ兄妹、そしてフローラ、ミハイル、さらにミナ、イヴァン、ルカ。

「思いのほか、楽しい夜だった」

そう言い残して、ヴラドフォーレンは黒い猛禽《もうきん》の姿に変じ、窓の外へ飛び去っていった。

猛禽が消えた窓には、夜の空。雲の切れ目から、月の光がのぞいている。

その月の光が――消えた。

雲も光もない、ただ闇《やみ》だけが満ちる。

いや、闇ではなく、それは影《かげ》であった。

上空から圧し寄せる魔力《まりょく》にはっと息を呑《の》み、魔力を持つ者は皆《みな》、窓に駆け寄る。

大きな窓から見上げても、それとはわからなかった。あまりに巨大《きょだい》で。けれどゆるゆるとその影は、天をよぎってゆく。

魔竜王《まりゅうおう》ヴラドフォーレンが真の姿を顕《あらわ》して、巨大な漆黒《しっこく》の翼《つばさ》を広げて飛翔《ひしょう》していた。

月の光に輪郭《りんかく》だけが浮《う》かぶその巨《おお》きさ、圧倒《あっとう》的な強大さに、アレクセイ、ミハイル、フローラは言葉を失っている。エカテリーナでさえ、人が住む街と比較《ひかく》できる状況《じょうきょう》で、あらためてヴラドフォーレンの威容《いよう》に圧倒される思いだ。

そしてこれもあらためて、竜バージョンのかっこよさはヤバい！　などと思っていたりする。

ミハイルが、窓枠《まどわく》に置いた手をぐっと握《にぎ》った。

「……アレクセイ。僕たちがユールノヴァに着いた日、エカテリーナの旅について父上に奏上したいことがあると言っていたね」

うわあ。

内心で、エカテリーナはのけぞりそうになっている。

その旅で魔竜王様と遭遇《そうぐう》したことに、気付いたんだ。今更《いまさら》ながら、本当に頭いいよね。

「君のことだ。その内容を僕に話せと言っても、応じないだろう。――父上に奏上する時には、僕も同席する」

「陛下のお許しがありましたら」

アレクセイの答えは静かだ。

「許しはいただく」

「御意《ぎょい》」

短くアレクセイが答えた。

と、ミナがすすっと動いて、エカテリーナとフローラの肩《かた》にショールをかける。エカテリーナがアレクセイに駆け寄った時に落ちて、忘れられていたものだ。

それで初めて、少女たちが夜着、それも夏用の薄手《うすで》で襟《えり》ぐりの大きいものしか身にまとっていないことに気付いたようで、ミハイルがいきなり真っ赤になって目をそらした。

その時。

「お嬢様!」

聞き覚えのある声がして、ゼイゼイと息を切らせた老人が、開け放たれた部屋の扉《とびら》の前に現れた。

「老兵、推参いたしました。ご無事であられましょうか!」

この屋敷《やしき》の主人、小領主である。年代物の剣《けん》と盾《たて》を手にしているが、重そうだ。

彼は、神経痛をわずらっているという話だった。フローラの魔力を感知して飛び起きたものの、階段を上がるのに時間がかかったと思われる。

「あなた、お気をつけて……」

小領主の後ろでは、小領主の老妻が怯えながらも扉の陰《かげ》から角灯を掲《かか》げて、夫の足元を照らしていた。

さらに、ようやくと言ってはなんだが、騎士《きし》たちが駆けつけてくる足音が聞こえてくる。これだけ出遅《でおく》れたのは、おそらくヴラドフォーレンが護衛を遠ざけるようななんらかの干渉《かんしょう》をしていたのであろう。

「……」

無言のうちに、アレクセイとミハイルが視線を交《か》わした。

そして共に進み出て、さりげなく少女たちへの人々の視線をさえぎる立ち位置をとる。

「我が妹のために駆けつけてくれたこと、感謝する」

「何事もなかったことを、確認《かくにん》したところだよ」

そして見事な連携《れんけい》で、「エカテリーナの部屋の外に現れた魔鳥に気付いたフローラが、聖の魔力で撃退《げきたい》した。魔鳥は迷い込んだだけでたいした害のあるものではなかったようだ」という穏便《おんびん》な話を創作して、エカテリーナとフローラの名誉《めいよ》に傷が付かず、忠義な小領主の責任問題にもならない形で、その場を収めたのだった。


翌朝、一行は小領主の屋敷から出立した。

小領主は寝不足《ねぶそく》ながらも意気軒昂《いきけんこう》で、胸を張って貴人たちの出発を見送っている。彼の老妻は心配そうながらも、やはり晴れがましい気持ちでいるようだ。

というのも、昨晩の騒ぎについてエカテリーナとフローラからねんごろに謝罪されると共にいち早く駆けつけてくれた忠義心を褒《ほ》め称《たた》えられ、アレクセイからも感謝の言葉をかけられた。さらにミハイル皇子殿下《でんか》からも、ユールノヴァの臣下は忠誠心が厚く素晴《すば》らしいと称賛《しょうさん》されて、感涙《かんるい》にむせんだのだ。

彼は、かつて祖父セルゲイの近習として仕えた人物。とにもかくにもセルゲイ公のお孫様に何事もなくなによりでした、と涙《なみだ》をぬぐう老夫妻に、内心で平謝りしたエカテリーナであった。

かくして、魔竜王の来訪は完璧《かんぺき》に隠蔽《いんぺい》された。

その後はつつがなく帰路をたどり、一行は快速船ラピドゥスでセルノー河を下って皇都へ向かった。

河を遡上《そじょう》した往路以上に快調に、ラピドゥスは復路をたどる。

船という閉《と》ざされた環境《かんきょう》で、周囲の目をさほど気にしないで済む状態になって、エカテリーナ、ミハイル、フローラはそれまでより少し肩の力を抜《ぬ》いて、旅路を楽しんだ。アレクセイはいつも通りだが、楽しげな妹の様子に目を細めている。

エカテリーナはたびたびフローラを誘《さそ》って、甲板《かんぱん》で川岸を眺《なが》めながら、一緒《いっしょ》に歌を歌って過ごした。美しい少女たちの美しい歌声に、快速船の乗組員たちも好ましげに耳を傾《かたむ》けている。

ただ、耳慣れない曲だと、首をかしげる者もいた。

それもそのはず、その曲はエカテリーナが歌詞を皇国語に翻訳《ほんやく》した、前世の世界的大ヒット曲だったりする。これまた世界的に大ヒットした、氷の城が出てくるアニメ映画の主題歌だ。

実はエカテリーナ、いつぞやプロジェクトなんちゃらの主題歌を翻訳してからクセになったというか、ちょいちょい前世の歌を翻訳している。内緒の、秘密の趣味《しゅみ》である。しかしこの曲は、なにしろザ・ヒロインな一曲。前からフローラに歌ってみてほしいと思っていて、今回はあまりの絶好の機会に衝動《しょうどう》をこらえきれなかったのであった。

声がきれいなフローラは、歌も上手だった。さすがヒロイン。

エカテリーナは前世の部活が合唱部だったので、歌う時に取るべき姿勢とか喉《のど》を開くやり方とか音程の取り方とか、知識がある。音程の正確さには定評があって、カラオケで採点すると九十点台は普通《ふつう》に取れた。とはいえ、独唱に選ばれるような華《はな》のある声をしてはいなかったのだけど。

フローラは間違《まちが》いなく、ソロで歌える、華のある声をしている。

そういえば、体力をつけるために乗馬か、声楽を習いたいと思ったことがあったのだった。乗馬はアレクセイにおねだりして習わせてもらえることになったけれど、身体《からだ》に合わせた鞍《くら》を作ってもらう必要があったり、当然ながら馬と馬場が必要なわけで、学生の間は毎日できるものではない。歌なら身体があればできるし、前世から好きだったし、こうして歌ってみるとやっぱり楽しい。

というわけでエカテリーナはあらためて、声楽も習いたい、とアレクセイにおねだりすることにした。

もちろんアレクセイは即答《そくとう》で許可してくれた。

「お前にふさわしい、よい教師を手配させよう。お前は歌声も美しい——お前の歌声が響《ひび》くところは、地上であろうと天界の楽園だよ。まさに私の妙音鳥《みょうおんちょう》だ。これ以上素晴らしくなってしまっては、音楽神の庭に招かれて還《かえ》らぬことになってしまわないか、それだけが心配でならない」

「お兄様ったら」

今日もシスコンフィルターが絶好調ですね！

「わたくしなどより、フローラ様の方がずっと素敵《すてき》な歌声をしていらっしゃいますわ」

「フローラ嬢《じょう》の歌声も素晴らしい。それでも、私の魂《たましい》を溶《と》かすのはお前の歌だけだ」

魂までシスコンフィルター装備。さすがお兄様。

でも魂にブラコン装備している点では、私は実績がありますからね！

威張っていいことか、よくわからないけど！

よくわからないとか思いながら、思わず胸を張るエカテリーナであった。

またある時は、エカテリーナは手紙を読んだり書いたりして過ごした。そんな時間も、快速船の甲板に設置された瀟洒《しょうしゃ》な椅子《いす》とテーブルで、川面《かわも》を渡《わた》る風に吹《ふ》かれながらの、ちょっとしたリゾート気分だ。

「それは、船に乗る前に早馬から受け取っていた手紙？」

隣《となり》に来たミハイルに訊《き》かれて、エカテリーナはうなずく。

「ええ、領地でお友達になった、ある夫人からですの」

手紙の差出人は未亡人ゾーヤ。森の民《たみ》の木製食器について、手元にあると匂《にお》わせたところ、問い合わせが殺到《さっとう》しているとの連絡《れんらく》だった。やはり、ミハイル皇子殿下がユールノヴァの伝統は素晴らしいと褒めた、その言葉がユールノヴァの上流階級の人々にぐっときたらしい。セットでなくとも単品で問題なく採算が取れる価格で売れると確信した、ぜひ販売《はんばい》を任せていただきたい、と意欲あふれる言葉が綴《つづ》られている。

「ユールノヴァで一番の商会に関《かか》わる方ですわ。ミハイル様のおかげで、よいご商売ができるようですの」

「それは、狩猟《しゅりょう》大会の後に出してくれた、妖精《ようせい》の果物に関することかな」

ほぼ言い当てられて、エカテリーナは目を見開いた。

ミハイルは悪戯《いたずら》っぽく笑っている。最初から、エカテリーナの狙《ねら》いはお見通しの上で、褒めてくれたらしい。

「さすがですわ、よくお分かりですのね」

悪びれずにエカテリーナが褒めると、ミハイルは遠い目になった。

「母上もよくやるからね……」

なるほど。

皇国最大の貿易港を擁《よう》するユールセイン公爵《こうしゃく》家の出身であり、皇国の貿易振興《しんこう》に手腕《しゅわん》を発揮する皇后マグダレーナは、商品のプロモーションに息子《むすこ》をがっつり使うらしい。

ちょっと、わかる気がする。

「あの果物を盛っていた、木製の器《うつわ》を販売したいと考えておりますの。ユールノヴァの森に住む、少数民族が作るものですのよ。独特の、素敵なセンスを持っていて……彼らに収入をもたらし、これから世の中がどう変わろうとも、彼らしく生きてゆける道筋をつけられたらと思っているのです」

そう口にしてから、十六歳の少年に話すことではなかったかもと思い、いや問題ないわと思い直した。

皇子ミハイルは、ただの十六歳ではないのだから。

ミハイルは真顔でエカテリーナを見つめ、呟《つぶや》いた。

「君は、はるかな遠くが見えているみたいだ」

いや違《ちが》うんや……前世の記憶《きおく》があるだけなんや……。

なんかかっこよく表現しないで。私はただのアラサー社畜《しゃちく》だった人です。

「しょ、将来を見越しての配慮《はいりょ》など、誰《だれ》でもすることではありませんこと？」

ホホホ～、とエカテリーナが笑うと、ミ《み》ハ《こ》イルはにっこり笑って「そうだね」と言った。

この引き際《ぎわ》の良さがかえって怖《こわ》い。

「狩猟大会で思い出したけど、アレクセイは彼が仕留めた大鹿《おおじか》の銀枝角を君に贈《おく》るそうだね」

ミハイルが言い、エカテリーナはぱっと笑顔《えがお》になってうなずいた。

「はい、そうですの。磨《みが》かせて細工をしたら、お部屋に飾《かざ》らせてくださると」

銀枝角は、磨くと見事な白銀になるそうだ。

前世のヨーロッパでは、鹿の角を飾るというと首を剝製《はくせい》にすることが多かったが、皇国では剝製はあまり好まれない。角だけを飾ると聞いて、エカテリーナはほっとしつつ喜んで受け取ることにした。

「あの大角牛の金角も、もらってくれないかな。君に贈りたいんだ」

そう言われて、エカテリーナは目を丸くする。

そして少し考え、きっぱりと首を横に振《ふ》った。

「あれは貴重なものですわ。差し上げるならば、わたくしよりもふさわしい方がいらっしゃいましょう。皇后陛下にお贈りなさいませ、きっとお喜びになりますわ」

我が子が、あんなにも見事な獲物《えもの》を仕留めるほど立派になった。母親なら、さぞ嬉《うれ》しいことに違いない。

「そう……」

彼にしてはあからさまに落胆《らくたん》の表情を見せたミハイルだが、すぐにうなずいた。

「なら母上には、君が母上にお贈りするよう言ってくれたと伝えるよ」

「まあ！」

いきなり、エカテリーナは柳眉《りゅうび》を逆立てた。

「いけませんわ、母上様への贈り物を、誰かの入れ知恵《ちえ》だとお話しするなど！　絶対に、ご自分のお考えだとお話しくださいまし！」

エカテリーナの脳裏《のうり》にあるのは、早めに結婚《けっこん》して母親になった前世の友人だ。育児でいっぱいいっぱいだと聞いていた彼女と、偶然《ぐうぜん》会って話した時、ウチの子がこれくれたの！　と顔を輝《かがや》かせて見せてくれたのが、彼女の似顔絵らしきものだった。

『自分で思いついてプレゼントしてくれたのよ〜。いつの間にか自分でそんなこと考えるようになったんだ！　って、すごく嬉しいけどすぐ大人になっちゃうのねってちょっと寂《さび》しい気もして……』

いやその寂しさは早すぎじゃないの、とつっこむことができないほどのマシンガントークだった。

ともあれ、プレゼントは人からの入れ知恵であってはならない。自分で思いついた、感謝のあかしであるべきなのだ。

「ああ、うん、わかった……」

「絶対でしてよ」

皇子ってすごく大人だけど、そういう人情の機微《きび》は解《わか》ってないんだね。男子はそういう情緒《じょうちょ》の成長が遅《おそ》いんだから、って弟がいる子がぷんすか怒《おこ》ってたけど、やっぱりそうなのかも。

でも、珍《めずら》しく高校生男子らしい面を見つけて、お姉さんはある意味安心したよ、うん。

急に怒った後に、なぜか満足げにうなずいているエカテリーナに、ミハイルは苦笑《くしょう》した。

「母上を大事にするよ」

「……」

領地を発《た》つ前に、兄と共にユールノヴァ家の霊廟《れいびょう》に墓参したことを、エカテリーナはふと思い出していた。

そして、快速船は皇都の船着場へ到着《とうちゃく》する。

世話になった船長をはじめとする乗組員たちに礼を言って、一同は快速船から下船した。

長かった夏休みも、もうほぼ終わり。

学園で会いましょう、と約束して、それぞれ迎《むか》えの馬車に乗り込み——フローラのための馬車はユールノヴァ家が用意していた——手を振り合って別れたのだった。

新学期に、彼らは再会する。


快速船の船着場は、皇城に近い。エカテリーナたちと別れてすぐ、ミハイルは「自宅」に帰城した。

皇都の中心にそびえる皇城は、おとぎ話のお城のように美しい。かつては無骨な軍事要塞《ようさい》であったが、皇国が安定し平穏《へいおん》な時代となったのち今の姿へと建て替《か》えられた、という経緯《けいい》はユールノヴァ城と同じでありつつ、建築様式は大きく異なる。いくつもの尖塔《せんとう》を備え、白亜《はくあ》の壁《かべ》に青い屋根が映《は》える皇城は、優美な鳥を思わせた。

「お帰りなさいませ、殿下《でんか》」

「ただいま」

うやうやしく頭を下げて出迎えたのは主にミハイル付きの使用人たちだったが、その中に父の近習が交じっていた。にこやかに言う。

「殿下、両陛下がお待ちです。無事なお顔を見て、旅のお話を聞きたいと仰《おお》せです」

「ああ、わかった」

皇城は、皇室の居住区域と、公務のための行政機能区域に分かれている。両親が待っていると伝えられた場所は、行政機能区域の方にあった。二人とも、忙《いそが》しい公務の合間をぬって時間を捻出《ねんしゅつ》してくれたことがわかる。そのことは嬉しい。

しかしおそらくは両親共に、ユールノヴァでの「進展」に野次馬《やじうま》的な興味を持っているであろうことも予想できて、ミハイルはいささか憂鬱《ゆううつ》だった。プライベートが無いに等しい、皇子という身分に生まれついた彼であっても、両親に恋路《こいじ》を詮索《せんさく》されるのはさすがにアレである。

しかし、今回のユールノヴァ行きをお膳立《ぜんだ》てしてくれたのは父だ。

エカテリーナへの気持ちを、両親に話したりはしていなかったのに。お見通しだったのはちょっとショックだった。けれど、相手が相手だ。

父は皇帝《こうてい》。何かを隠《かく》せる相手ではない。

——いつか、自分もそう、なれるだろうか。

「お帰り」

小さめの談話室で、両親は並んで座っていた。

「ただいま戻《もど》りました」

挨拶《あいさつ》すると、向かい合う椅子《いす》を勧《すす》められる。息子といえども皇帝たる父に対しては臣下、勝手に座るような真似《まね》は許されないのだった。

「元気そうで何よりだわ。ユールノヴァはどうだった？」

皇后マグダレーナが言う。もともと表情豊かな彼女は、少し久しぶりの息子の顔に、晴れやかな笑顔だ。

「楽しい旅でした。アレクセイは順調にユールノヴァを掌握《しょうあく》しているようです。それに、身分の上下を問わず、皇室への敬愛の強さを感じました。あそこの人々は、真面目《まじめ》で質実な気質ですね」

「それは重畳《ちょうじょう》」

皇帝コンスタンティンが、重々しくうなずいた。

「魔獣《まじゅう》が多い土地柄《とちがら》だけあって、人々はある意味で魔獣に慣れ親しんでいます。催《もよお》してくれた狩猟《しゅりょう》大会では、人々は魔獣であろうと普通《ふつう》の獣《けもの》と変わらないような扱《あつか》いで、勢子《せこ》を務めた近隣《きんりん》の村人たちさえ手慣れた様子でした。ユールノヴァ騎士《きし》団が精強と名高いのは、そういう土地に住む人々から実力ある者を身分を問わず採用していればこそですね」

旅の土産《みやげ》話というより視察の報告のようだが、やがて為政者《いせいしゃ》となるべき者として、小さな頃《ころ》からこうした点に目を向けるよう教えられてきたので仕方がない。

ユールグラン皇国は、小国の王子に過ぎなかった建国四兄弟が、周辺の小国を統合して打ち立てた国だ。

国内の貴族たちの祖先には、三大公爵《こうしゃく》家を始めとする大帝の同族、建国以前からの家臣たち、四兄弟に征服《せいふく》され恭順《きょうじゅん》した土着の有力者など、さまざまな者がいた。かつてはそれらが権力闘争《とうそう》を繰《く》り返し、内乱に至った時代もあったのだ。

皇国が安定して久しいが、それは代々の皇帝や国の中枢《ちゅうすう》部が、国内のパワーバランス調整などに心を砕《くだ》いてきたからこそ。

ミハイルは、それを受け継《つ》がねばならない。

「父上からの頼《たの》まれ事は、つつがなく済ませたか」

コンスタンティンの言葉に、ミハイルはうなずいた。

「先帝陛下《おじいさま》がお望みの通り、セルゲイ公の墓前に花を贈《おく》りました。……アレクセイとエカテリーナが、母君の命日が近いそうで二人で霊廟の中に入って墓参するというので、託《たく》して」

皇室もそうだが、三大公爵家の霊廟は巨大《きよだい》な地下墳墓《カタコンベ》になっている。地下深くまで掘《ほ》られた迷宮《めいきゆう》じみた墓はいくつもの小部屋に分かれており、代々の当主がその家族と棺《ひつぎ》を並べて眠《ねむ》りについているのだ。アレクセイとエカテリーナの母アナスタシアは、生前は離《はな》れて暮らした夫アレクサンドルと、共に永遠を過ごしているのだった。

二人の祖父セルゲイも、ユールノヴァ家の霊廟に眠っている。

しかしセルゲイの妻アレクサンドラは、アレクセイの願いにより皇室の霊廟に埋葬《まいそう》されていた。生前は多くの人に慕《した》われたセルゲイだが、今は独りだ。彼が仕えた先帝ヴァレンティンは、兄と慕ったセルゲイの墓前に、せめて花を供えて欲しいとミハイルに頼んだのだった。

霊廟に足を踏《ふ》み入れることができるのは、その家の血を継ぐ者と、墓守《はかもり》のみ。ミハイルは墓参に向かう兄妹《きようだい》に花を託して見送った。黒衣に身を包み小さなヴェールをつけたエカテリーナは、少し悲しげで、そしてことのほか美しかった。

と、ミハイルは不意ににっこり笑う。

「そうそう、母上にお土産があるんです」

「まあ、何かしら」

「まだ整えていない状態なので、見苦しいですが……ルカ」

で、包みを開く。

背後へ声をかけると、糸目の青年が大きな包みを抱《かか》えて進み出た。親子の間にある小卓《しょうたく》の上

「はい殿下」

「まあ！」

「ほう……」

現れたのはもちろん、大角牛の金角。

その大きさに、マグダレーナは感嘆《かんたん》し、コンスタンティンさえ声を上げた。

「ユールノヴァで獲《と》った魔獣の角です。普通は角の色は白だそうですが、ごく稀《まれ》にこういう色になる個体がいて……運良く巡《めぐ》り合えました」

「なんて大きな角かしら、その魔獣もさぞ大きかったのでしょう」

大角牛の大きさをミハイルが語ると、マグダレーナの目がうるんだ。

「立派になって……」

乗馬が得意なマグダレーナは、狩猟もたしなむ。その大きさの獲物《えもの》を狩《か》る危険や労力が、きちんと測れるのだ。

皇后とて、一人の母親。息子《むすこ》が生まれた時の、小さな赤子だった時の姿は、今も脳裏《のうり》に焼き付いている。その子が、これほどの獲物を仕留めるほど強くたくましく育ったと思うと、感慨《かんがい》深くて当然だろう。

が、マグダレーナはすぐ、悪戯《いたずら》っぽい笑顔《えがお》になった。

「でも、わたくしに？　他《ほか》に贈りたい相手がいるのではなくて？」

「いいえ？　僕は母上に、日頃《ひごろ》の感謝を込めてお贈りしたいと。それしか思いませんでした」

そらとぼけて、ミハイルは言う。

ほんの少し笑っている息子の顔をじっと見て、おおかた察したマグダレーナはコロコロと笑い出した。

「ほほほ、そう！　では、喜んで受けとるわね。どこへどう飾《かざ》るのが良いかしら、楽しい悩《なや》み事ができたわ」

もう行かなければ、と皇后は立ち上がる。

「あの娘《こ》は本当に良い子ね。いろいろ楽しみがあって嬉《うれ》しいこと」

その言葉には、エカテリーナが考案したガラスペンのことが含《ふく》まれているのだろう。アレクセイが皇帝への献上《けんじょう》品としたそれは、その献上の場で皇帝から皇后への贈り物として注文されている。それはもちろん皇后には秘密とされているが、マグダレーナの兄ユールセイン公爵も注文して、出来上がりを心待ちにしているほどだから、まあバレバレなのだ。

「これから、各国の大使夫人とお茶会なのよ。エカテリーナは他国の文化や貿易に興味があるようだったし、そのうち声をかけたいわ。楽しんでくれるかしらね」

「きっと大喜びしますよ。領地でも、あちらの商会と手を組んだり、領内の少数民族の文化を守ろうとしたり、いろいろやっていましたから」

「あら。昔のわたくしを思い出すわ」

ふふ、と笑ったマグダレーナは、頑張《がんば》りなさいと言い置いて去っていった。

「で、どうであった」

男同士になったところで父に言われて、来た、とミハイルは思う。

「良き友人にはなれたかと」

「それは良かったな」

にんまりと笑われた。

それを見て妙《みょう》に力が抜《ぬ》けて、ミハイルは、ふう、とため息をつく。

「ユールノヴァで、恋敵《こいがたき》に会いました」

「……ほう」

コンスタンティンは、続く言葉を待つ様子だ。ミハイルは背筋を伸《の》ばした。

「近く、アレクセイが父上に奏上を願い出るでしょう。いや、母上への贈り物をお持ちする時に、お伝えするつもりかもしれません。その時、僕も同席します」

「……」

眉根《まゆね》を寄せるコンスタンティン。さすがに、恋敵とアレクセイの奏上との結びつきが、読めずにいる。

「行幸でノヴァを訪《おとず》れた時、ノヴァに棲《す》む巨竜《きょりゅう》の話が出たことを、覚えておいでですか」

「ふむ、確かにあったな──」

顎《あご》を撫《な》でて、はっとコンスタンティンは目を見開いた。その後の会話を、思い出したのかもしれない。マグダレーナがセインの竜について話し、人の姿に変わると絶世の美女だと語ったことを。

ならば、ノヴァの竜は。

コンスタンティンは息子を見据《みす》える。ミハイルはただ、見返した。

「ふ」

コンスタンティンの口元に、笑みが浮《う》かぶ。と思うや、皇帝《こうてい》は身をのけぞらせて笑い出した。

「そなたの母もとんだ相手に惚《ほ》れられていたが……どうやら、エカテリーナは超《こ》えてきたようだ」

「母上は、どんな……？」

聞くのは怖《こわ》いが聞き捨てならず、ミハイルはおそるおそる尋《たず》ねる。

「余の恋敵は、『神々の山嶺《さんれい》』の向こうから来た大国の王子であった」

あっさり答えられて、返事に窮《きゅう》する。

「向こうへ連れて行くと言われて、決闘《けっとう》しかけた。当のマグダレーナが怒《おこ》って、自分が相手になるから二人まとめてかかってこい、と剣《けん》を抜かれてなし崩《くず》しになったがな」

「……さすが母上です」

すごい話だが、想像がつくから母はすごいとも思う。

「こういうものは、最中は苦しいが、過ぎてみれば良い思い出でな」

息子を見て、コンスタンティンは人の悪い笑顔になった。

「まあ頑張れ」

庭園の影～アイツがお城に現れた～

ユールノヴァ城、庭園。

皇帝《こうてい》陛下の行幸がある皇都の公爵邸《こうしやくてい》ほどではないが、ここにも広大な薔薇《ばら》園がある。今は薔薇の季節ではないため、ほとんど花はない。蕾《つぼみ》がついても、株を休ませるため咲《さ》く前に摘《つ》み取るのだそうだ。

けれど原種に近い野薔薇のたぐいには夏に咲くものもあって、薔薇とは認識しがたい素朴《そぼく》な見た目ながら、白、黄色、さまざまな色合いのピンクと彩《いろど》り豊かに、馥郁《ふくいく》とした香気《こうき》を漂《ただよ》わせている。

猟犬《りようけん》たちの犬舎を訪れた帰り、エカテリーナ、アレクセイ、ミハイル、フローラの四人は、そんな庭の小径《こみち》を散策していた。

「さすがユールノヴァ、薔薇の原種までこんなに揃《そろ》っているんだね」

ミハイルが言う。

「実は多くの薔薇は、このような原種に接木《つぎき》しているのだと、庭師が申しておりましたわ。皇城の庭園に薔薇がございましたら、実は根本は原種ですのよ」

庭師からの受け売りでもあるが、前世でも何かで読んだことがあった知識を、エカテリーナは得々として披露《ひろう》する。

「そうなんだ。確かに皇城の庭にも薔薇はあるよ。一番多いのは、母上お気に入りのラーレなんだけど。チューリップとも呼ぶね」

「まあ、珍《めずら》しゅうございますこと！」

エカテリーナは思わず感嘆《かんたん》の声を上げた。

前世ではチューリップは一般《いっぱん》的、どこでも見られる花だったが、こちらでは違《ちが》う。『神々の山嶺《さんれい》』の向こうからもたらされたのは最近で、とても珍しいのだ。

前世オランダでも、中東から伝来したばかりの頃《ころ》チューリップはとても貴重で、それゆえ球根が高値で取引され、投機の対象となり、のちにチューリップバブルと呼ばれたほどの熱狂《ねっきょう》の対象になった時代があったはずだ。

「皇后陛下は、ご実家セインの象徴《しょうちょう》である百合《ゆり》をお好みかと思っておりましたわ」

「形が似ているからラーレでもいいでしょう、と母上は笑っていたよ。本当は、あまり花に興味はないんだと思う。皇城だけで見られる珍しい花があると、それだけで喜ばれるし、外交上の利点にもなるからだろうね」

「さすが皇后陛下ですわ」

エカテリーナは唸《うな》る。

「ラーレの見頃は春先だけど、興味があるなら皇城においでよ。絵やタペストリーがあるし、『神々の山嶺』の向こうから呼び寄せた庭師もいるんだ」

わー、めっちゃ興味ある！

思わずキラキラした目で、ぜひ！　と言いかけたエカテリーナだが、はたと我に返った。

「お、お兄様のお許しがありましたら」

「もちろん、すべてはお前の望みのままだよ」

例によってアレクセイは優しく言い、妹の肩《かた》に手を置いた。

「私が登城する時に、一緒《いっしょ》に連れて行ってあげよう。それなら安心だろう」

「はい、ありがとう存じますわお兄様」

「……皇国で一番、厳重に警備されている場所だから、そもそも安全なんだけど」

ぼそっとミハイルが言ったが、ほぼ同時に、フローラがためらいがちに言った。

「あの、エカテリーナ様。あそこに、おかしなものが見えるような……」

おかしなもの、という言葉に、他三人は揃ってそちらへ視線を向ける。

しかし目に入るのは当たり前の光景ばかり。連なる緑の薔薇の株、色とりどりの野薔薇。あとは野薔薇の陰《かげ》でぴこぴこと動く、何かの葉っぱだけだ。

「フローラ様、おかしなものとは……？」

「すみません、見間違《みまちが》いだったようです」

恥《は》ずかしそうにフローラが言い、一同は再び歩き出したのだが。

なんとなく気になって、エカテリーナは振《ふ》り返った。

やはり、そこには何もない。緑の薔薇の株と野薔薇の花。あとはその花陰に見え隠《かく》れする、仲良く葉っぱを繋《つな》いでてくてく歩く、二体の根菜だけだ。

と思って前を向いて、それから気付いた。

ん!?

ちょっと待った、ここで目に入っちゃいけないものが交じってたぞ!?

ばっ！　と公爵令嬢《れいじょう》にふさわしからぬ素早さで、エカテリーナは視線を戻《もど》す。けれどそこには、怪《あや》しい根菜は見当たらない。

うん……気のせいだよね。目の錯覚《さっかく》？

どういう錯覚だよ自分……。

「エカテリーナ、どうかしたのか」

心配そうにアレクセイに言われて、エカテリーナは我に返る。

「い……いえ、少し、見間違いをしたようですの」

ほほほ、と笑ってごまかそうとしたが。

どうにも、確かに見たという確信が消えない。

いや、錯覚。どう考えても錯覚。

そう唱えつつ、自分を納得させるためにもう一度ちらりとそちらを見て――。

薔薇園の土に沈《しず》めていた根っこ部分を、よっこらしょと引き抜《ぬ》くというか這《は》い出す、根菜の姿を見ることになった。

や……やっぱりいいいー！

なんでここにいるんだイケメン甜菜《てんさい》とその相方ー！

目が合った。

相手には目とかないのだから事実ではないが、そうとしか言いようがない感覚。

次の瞬間《しゅんかん》には、甜菜たちはスタコラ逃《に》げて行こうとした。

逃がすかー！

素早く、エカテリーナは地中に魔力《まりょく》を流す。土は即座《そくざ》に応じ、ボコッ！　と盛り上がるやゴーレムの手と化して、握《にぎ》った指の中に甜菜たちを捕《つか》まえた。

や……やったぜ。ちょっと加減を間違えば握り潰《つぶ》してしまうところだけど、我ながら絶妙《ぜつみょう》なコントロール！

甜菜たちは指の間から葉っぱを出してぱたぱたさせてぴーぴー鳴き、ゴーレムの手をぺしぺししているが、妙に可愛《かわい》いだけである。

「お見事です、エカテリーナ様！　これです、私が見たのは！」

「妙な……草だね。カブ……にしては、動いているけど、なんだろうこれは」

驚《おどろ》くフローラ、困惑《こんわく》するミハイル。真っ当な反応である。

「砂糖の原料である甜菜の、先祖返りです。なぜこのようなところにいるのかは不明ですが。警備を見直させねばなりません」

アレクセイは冷静そのものだ。

が、その表情が一変して、甘い微笑《ほほえ》みになった。

「エカテリーナ、見事な対応だ。しかも傷つけることなく捕《と》らえる優しさ……お前は本当に慈《じ》悲《ひ》深い上、騎士《きし》団の貴婦人としてふさわしい凛々《りり》しさを兼《か》ね備《そな》えているね」

冷静にしてシスコン。冷静なのにシスコン。さすがお兄様。

そこへ、声がかかった。

「殿下《でんか》、公爵閣下」

呼びかけて来たのは、ミハイルの護衛騎士の一人とユールノヴァ騎士団の騎士。

長身の騎士二人の背後に、おどおどした様子で頭を下げる、老人とやや小柄《こがら》ながらがっしりとした壮年《そうねん》の男がいた。

はて、この二人どこかで見たような。

ユールノヴァ城には不似合いな様子の、けれど一張羅《いっちょうら》の晴れ着で精一杯《せいいっぱい》きちんとして来た感じのする二人を見て、エカテリーナは内心で首を傾《かし》げる。

そして、思い出した。

「まあお二人は、旅の途中《とちゅう》でお会いした……」

山岳神殿《さんがくしんでん》への代参の旅の途中で、単眼熊《たんがんぐま》に畑を荒《あ》らされ助けを求めてきた老人と、その村の村長。

「お嬢様、その節は、本当にありがとうごぜえやした」

老人が深々と頭を下げる。あれからそれほど経ってはいないのに、あの時よりも顔の色艶《いろつや》が良くなっているようだ。

エカテリーナの言葉に騎士たちが警戒《けいかい》を解き、老人と村長は四人の貴顕《きけん》と親しく言葉を交わせることになった。もっともお嬢様の側にいるのが「皇子様」と「公爵様」だと知った二人は、危うく卒倒《そっとう》するところだったが。

「お元気そうで何よりですわ。お孫さんたちはいかがお過ごしかしら」

なんとか落ち着いた老人に、エカテリーナが尋《たず》ねた。

「へえ、お陰様で、村の子供たちとすっかり仲良くなりやした。坊主《ぼうず》は、いつか立派な騎士様になってお嬢様をお守りするんだと、棒切れ振り回しておりやす」

「そうか、殊勝《しゅしょう》な心掛《こころが》けだ」

アレクセイがうなずく。

「それで、今日はなぜこちらに？」

エカテリーナの問いに答えたのは、村長だった。

「はい実は、お嬢様が耕してくださった畑がなんとも素晴らしいことになりまして、これはお礼をしなければと、村のみんなで意見が一致《いっち》しましたので」

はい？

「あの、畑とは、わたくしが耕した村はずれの畑……のことかしら」

「はい。あそこに甜菜を植えましたら、見る見るうちに大きくなりまして。丸々と肥えて葉っぱの動きも良く」

……最後の一言が農作物の表現として違和感《いわかん》。

しかしもしかして、魔力で耕したから、元が魔獣《まじゅう》（魔植物？）な甜菜には残存魔力がご馳走《ちそう》になったのかしら。

「味も甘味が強くて美味《うま》いということで、これはぜひお嬢様に召《め》し上がっていただきたいと、特に美味そうなのをより抜いて、荷馬車に積んで持ってまいりました。しかしお城に着いて、受け取っていただく時に、あの二株が逃げ出しまして……成れずじまいが紛《まぎ》れ込んでいたのに気付きませんで、申し訳ないことだと、あわてて追って来た次第で」

あれ？　じゃあこれはイケメン甜菜と相方じゃなくて、村の甜菜が歩けるようになったタイプ、なのかな？

いや！　なんとなくだけど、これはイケメン甜菜と相方だと思う！　だってフォルリさんが、成れずじまいがいつも二体で一緒《いっしょ》にいるのは初めて見た、他にああいうのは見たことがないって言ってたし！

まさか、自分から荷馬車に紛れ込んできたの？　ヒッチハイク？

「これだけ逃げ回るほど生きのいい奴《やつ》ですから、きっと美味いと思います。ぜひ今晩お食べになってください」

ぴー！

ひときわ大きく、甜菜が鳴く。

生きがいい根菜。根菜への表現として違和感……いや、それはともかく！

「い、いえ、わたくしその、食べるのは……ほら、猟師《りょうし》も懐《ふところ》に逃げ込んだものは殺さないと申しますでしょう。せっかく傷付けずに捕まえたのですもの、ここで……その、飼って……？みとうございますわ」

うっかり個体識別できるようになっちゃった相手を今晩食べるとか、絶対無理ー！

「お前は本当に優しいね。それを飼いたいなら、望みのままにすればいい。害もなさそうだ、問題はなかろう」

アレクセイはやはり、冷静とシスコンを両立しているのであった。

「なんだか可愛いですね。動く野菜なんて楽しいです」

「……今日の晩餐《ばんさん》に、逃げなかった甜菜が出るのかな。味が楽しみではある……かな」

にこにこしているフローラと、なんとも言えない表情のミハイル。

妙なことになって、なんかすまん、と思うエカテリーナである。

イケメン甜菜たちの身の安全が確保できたので、ゴーレムの手をそっと崩《くず》す。崩れてできた土塊《つちくれ》の中から、葉っぱがにょきっと出ているものの動かない。

もしや、潰してしまった⁉

と思って駆《か》け寄ったが、甜菜たちは薔薇《ばら》園の栄養たっぷりの土に埋《う》もれて、温泉に浸《つ》かった人間のようにほわーんとなっているらしい。

……呑気《のんき》な。

脱力《だつりょく》したエカテリーナであった。


まったくもう……根菜のくせに、人間の言葉を全部理解してるんじゃないだろうな。というか、そうとしか思えないんですけど。

なんでわざわざ、この領都にヒッチハイクして来たりしたんだ。よもや、私になついて追いかけて来たとかじゃないだろうな。

内心でぶつくさ思いながらも、後で二体の甜菜《てんさい》の葉っぱに目印のリボンを結んで、庭師たちや警護の騎士たち、シェフたち、そして家政婦のライーサと執事《しつじ》のノヴァラスに、これは絶対に食べないでね！　と頼《たの》んで回ったエカテリーナである。

あとは、レジナたち猟犬《りょうけん》にも、齧《かじ》らないように頼んでおいた。

そうしながら、ちょっぴり不安だったりする。

まさか、今度は皇都まで来ちゃったりとか、しないだろうな……。

来るなよ！　絶対来るなよー！

これはフリじゃないからなー!!

あとがき

お読みくださってありがとうございます。浜千鳥《はまちどり》です。
なんと本作、五巻となりました。購入《こうにゅう》してくださった皆様《みなさま》のおかげです。本当にありがとうございます！

しかし五巻、まだ夏休みが続いております。三、四、五巻と、五冊のうち三冊が夏休みって、どういうことだ。たいへん申し訳ございません。
四巻では神々や人外との出会いが満載《まんさい》でしたが、五巻は皇子ミハイルとフローラがユールノヴァにやってきてあれこれあるので、学園の出張版のような感じかもしれません。でもファンタジーらしい出会いや、貴族社会らしいセレブな催《もよお》しもありますので、異世界気分や旅気分を味わっていただけるといいなと思っております。

ウェブサイトで今巻のエピソードを連載している時、読者様に「ここはミハイルのターンです」と申し上げておりました。女性向けライトノベルにあるまじきことに「恋愛要素皆無《れんあいかいむ》」と評判の本作ですが、一応この巻では、エカテリーナがフリーズしない程度にミハイルが頑張《がんば》っております。でもアレクセイの壁《かべ》は高いわエカテリーナは鈍《にぶ》いわ……作者公認の彼のターンですが、ミハイルはどこまで頑張れるのか。

ちなみにウェブサイトでは、本作には「恋愛要素が長期休暇《きゅうか》」というタグがついております。休暇は終わるのでしょうか、ヤツは帰ってくるのでしょうか。

なにはさておき今巻でも、エカテリーナとアレクセイはブラコンシスコンのラブラブ兄妹《きょうだい》です。こんな作者でごめんよミハイル。


今巻から、担当編集者様が交替《こうたい》されました。新しい編集者様はたいへん有能な方で、今年度から本業が忙《いそが》しくなってしまった中でも、安心して作業が出来てありがたく思っております。

そして校正やデザインなど、一冊の本が出来上がるまでには多くの方のお力をいただいております。素敵な本にしてくださる素晴らしいお仕事に、感謝するばかりです。

また今回も、八美☆わん《はちぴすわん》先生の素晴らしいイラストをいただけて幸せです。いつもありがとうございます。

なにより、読んでくださる読者様、心から感謝申し上げます。楽しんでいただけることを願っております。

浜千鳥

「悪役令嬢、ブラコンにジョブチェンジします５」の感想をお寄せください。
おたよりのあて先
〒102-8177　東京都千代田区富士見2-13-3
株式会社KADOKAWA　角川ビーンズ文庫編集部気付
「浜　千鳥」先生・「八美☆わん」先生
また、編集部へのご意見ご希望は、同じ住所で「ビーンズ文庫編集部」
までお寄せください。

BEANS BUNKO

悪役令嬢《あくやくれいじょう》、ブラコンにジョブチェンジします５

浜《はま》　千鳥《ちどり》

角川ビーンズ文庫　22942

令和３年12月１日　初版発行
令和６年10月30日　３版発行

発行者――――山下直久
発　行――――株式会社KADOKAWA
〒102-8177　東京都千代田区富士見2-13-3
電話 0570-002-301（ナビダイヤル）
印刷所――――株式会社KADOKAWA
製本所――――株式会社KADOKAWA
装幀者――――micro fish

●お問い合わせ
https://www.kadokawa.co.jp/（「お問い合わせ」へお進みください）
※内容によっては、お答えできない場合があります。
※サポートは日本国内のみとさせていただきます。
※Japanese text only

ISBN978-4-04-112078-1 C0193 定価はカバーに表示してあります。
◆◇◇

シリーズ
好評発売中
!!!!!
グランドール王国再生録
破滅の悪役王女ですが
救国エンドをお望みです
転職先は悪役王女でした！
バッドエンド回避のカギは
王国再建!?
フロースコミックにて
コミカライズ
好評連載中！
麻木琴加《まきことか》
イラスト 逆木《さかき》ルミヲ

角川ビーンズ小説大賞
原稿募集中!
君の"物語"がここから始まる!
角川ビーンズ小説大賞がパワーアップ!
https://beans.kadokawa.co.jp
詳細は公式サイトでチェック!!!
【一般部門】&【WEBテーマ部門】
賞金 大賞100万円 優秀賞30万円 他副賞
締切 3月31日
発表 9月発表(予定)
イラスト/紫　真依